我的猫宝贝
陈明珠爱我

Emily 著/绘

华夏出版社
HUAXIA PUBLISHING HOUSE

我的猫宝人生

my life
depends on
CAT

有些温暖和安慰
只有你能给

你开心
我便开心
取悦你是我的成就

有你在
房子才是家

在我最想放弃之时
你仍让我看到坚持的价值

有时候
你比我更强大
更勇敢

你是我创作上的缪斯

你是我人生路上的导师

在这世界上
你是让我示爱最多的对象

目录
contents

序　如果世间真有天使 / 12

1 爱无止境

我不是明珠
心里的鬼 / 16
爱的成分 / 18
对的时机对的猫 / 19
爱不爱哪有这么分明，
　现实哪有这么公平 / 20
因为爱猫，才懂得爱自己 / 23

不在身边的时候
变成偷窥狂的缘起 / 24
事实一：猫真的整天在睡 / 26
事实二：因为猫，方知冷暖 / 26
事实三：家其实是猫用得多 / 27
网络摄像机是我的精神处方笺 / 28
看见与看不见 / 31

如果她是巨猫，我是小人儿
人类对猫的想象，是否只是自作多情？ / 34
强迫有两种 / 36
如果有一天，人猫角色互换…… / 36
爱与尊重弱者，最需要的是想象力 / 37

神奇赞美疗法
口德实验 / 44
人类的语言霸凌 / 46
美咪的友善环境初体验 / 48
疗愈成效 / 51

2 如果猫会说话

明珠：不要害怕，只要相信

我来自星星 / 62

伴你走一程 / 64

我的人和她的猫 / 66

她的猫宝人生 / 68

心灵疗愈 / 72

不要害怕，只要相信 / 74

饭团：谁明绿叶心

独特如我 / 84

我与世界的时差 / 86

排便召唤术 / 87

同居的人 / 89

同居的猫 / 92

我不是药 / 96

美咪：我只想做只猫

很久以前 / 102

怪公猫与流氓 / 102

做猫心得 / 104

两个人 / 108

Tovi：我是"猫医生"

我是一种动物 / 118

漂洋过海陪着你 / 118

分享空间的猫和人 / 120

居心叵测的陈明珠 / 122

叫我 Dr.Tovi / 122

大智若愚 / 126

我的前半生 / 128

"猫医生"后记——"患者"感言 / 130

vomit!!

3 致你们的妈妈

一个妈妈想对另一个妈妈说的心里话

TO 美咪的妈妈 / 144
TO 饭团的妈妈 / 148
TO 亲爱的Tovi的妈妈 / 154
TO 明珠的妈妈 / 160

后记 / 192
简体版后记 / 194
生命的重量——编者后记 / 198

母婴写真

人家亲子摄影，经常出现宝宝的小手握住大人手指的经典画面。嗯哼，我们也可以。

捡到快乐!

每年9月14日,是明珠的捡到纪念日。
是我们捡到她,也是她捡到我们。
给她最喜欢的罐头,她吃得兴奋,嗒嗒有声,跟小时候一样拼命。
也许她从没忘记饥饿的窘迫,所以我也要牢记最初的战战兢兢和珍惜。
珠珠,捡到快乐! 我们当然爱你。
(既然快乐可以捡,为什么要花钱买呢? 请以领养代替购买。)

呸

如果明珠是人，很可能热爱嚼槟榔或啃甘蔗。

专业

明珠:"以菊花为圆心,右脚抬高 75°,就能舔到左排第四个乳头。"

随便养

倒掉一瓶过期的圣诞调酒,解下瓶颈上的绿缎带,
丢掉之前套在明珠脖子上看看,哎,怎么这么可爱,这么乖。
这样想的时候,我一点都不敢邀功或自豪。
明珠的美是她自己的,我们真的只是随便养而已。

词穷

我很想描述一下，猫睡午觉醒来，手这样捂着眼睛有多可爱，多么让人融化，但，但没办法。Run out of words.（我很词穷）

HEATER

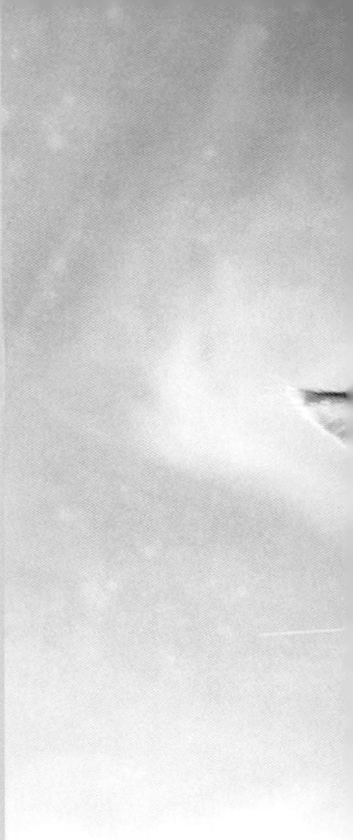

一罐晴天

啜一口蓝天白云,
品一口风和日丽。

序
如果世间真有天使

上一本书《猫是严师，我是高徒——我爱陈明珠》，主要记录明珠从流浪街头到统治一个家庭，从"纸片猫"奋斗成为"性感女星"，作为猫生赢家的感人励志真猫故事。这次的《我的猫宝人生——陈明珠爱我》，是我这个被眷顾者的感恩回馈，它以第一人称述说作为贫乏的人类，如何在日常生活里，被猫启迪了心灵，滋润了情感。

像个虔诚的信徒，我时时刻刻都有冲动，向别人论证猫的奇异与美好。

与猫一同生活，常常有些亲密让人感动到不知该如何诉说。

明珠只要一想到便会来探望工作中的我，她会小心翼翼地绕过键盘，踏落在我的腿上，旋转半圈，靠着我的身体坐下。她的重量刚刚好，有点实在，又有点可爱。然后她会将小猫头和手靠在我的胳膊上，也不管我是否正在打字，就把她半身的重量挂在我的臂上酣睡，最后干脆整张脸都埋进我的手臂里。被她湿润冰凉的鼻子触碰到肌肤，感觉她呼出的温度与湿气，又凉又轻，细致绵长，那么娇美矜贵。猫是我粗糙生活里最纤细之所在。

我常常独处，如果我不作声，四周便一片寂静。但明珠会随时出现，悠然来到我跟前，忽然倒地，滚一圈，然后四脚蹬直，圆滚滚的身体瞬间变得超长，尽情拉出一个弧形大懒腰。然后她的上下颚张大到不可思议，呵欠的尾声像猪一般发出"噶！"的声音，我便会一个人失笑。无意中听到自己的笑声划破沉默，再次发现，也就是猫，让我一个人时也会笑。

Tovi 跟我同睡一个枕头，耳边伴着他的呼吸，十足跟有个人在身边一样。那一刻人和猫的亲近与联结，常让我在受宠的感觉中入睡。

我经常半夜醒来，因无聊忍不住看手机，半眯着眼凝视刺眼的蓝光，眼角便会瞄到一颗白色、圆圆的小猫头，一脸乖巧无辜。无论我几点睡醒，醒来几次，她都奉陪，世上还有谁像她这样在乎我？于是我心一软，关掉手机，一把抱她进被窝，她便顺从地趴在怀里，不管摸不摸她，她都会大声呼噜。我们多么幸运啊，明珠是一只愿意让人拥着睡觉的猫。黑暗中，猫的呼噜声能催眠，使人神经镇定。那贴近灵魂的安慰，世上没有人能给。如果世间真有天使，也许那一刻明珠就是。

可是俗世天使也有令人困倦的时候。Tovi 清晨上厕所，偶尔会带着一股尿骚味回到枕头上，我像跟一个邋遢老翁同床。他还不时地用尾巴猛力甩打我的五官。Tovi 和饭团从不避讳朝我的脸打喷嚏、喷鼻水，我也只能转头掩面叹息。

朦胧中听到猫的催吐声，会比噩梦更容易让人惊醒。我会利落地把猫移离床铺，等猫吐干净，沿路善后擦拭，处理掉呕吐物。洗完手，回到床上已无睡意，人很累，猫却精神得很，浑然不觉我已濒临崩溃，Tovi 还誓要挖开我蒙着头的被单，呱呱叫着求抚摸。我多少次在被窝里想睡却不能睡，内心对猫狂吼：放过我好吗！我也有人权的！感觉自己像个整日不得安歇的病床陪护。

可是转念一想，想到猫生苦短，他们还有力气跑上楼梯，跳上床陪我睡觉的日子能有多久？如果失眠没有温软小猫可抱，如果有天 Tovi 不再跟我抢枕头，头上空空荡荡该如何是好？我的生活将会倾倒，我的宇宙会顿失平衡。想到这里，我又再次甘愿歪着头曲着腿，躺给猫睡。既然他们在我的身体上找到平安，我又怎么可以动荡。甜中带苦，却又不敢言苦，拥有就是这么回事。

写作对我来说不是容易的事情，但我总是有书写的欲望。而各种题材当中，猫总是最温暖、最柔软的起点。我多么乐意从这个起点，诉说一切生活中美好的美好和美好的忧伤。

1 爱无止境

赞美是一种习惯，
善意是一种习惯，
温柔是一种习惯，
一旦习惯成自然，就成为生活。
爱其实也是，一种最可贵的生活习惯。

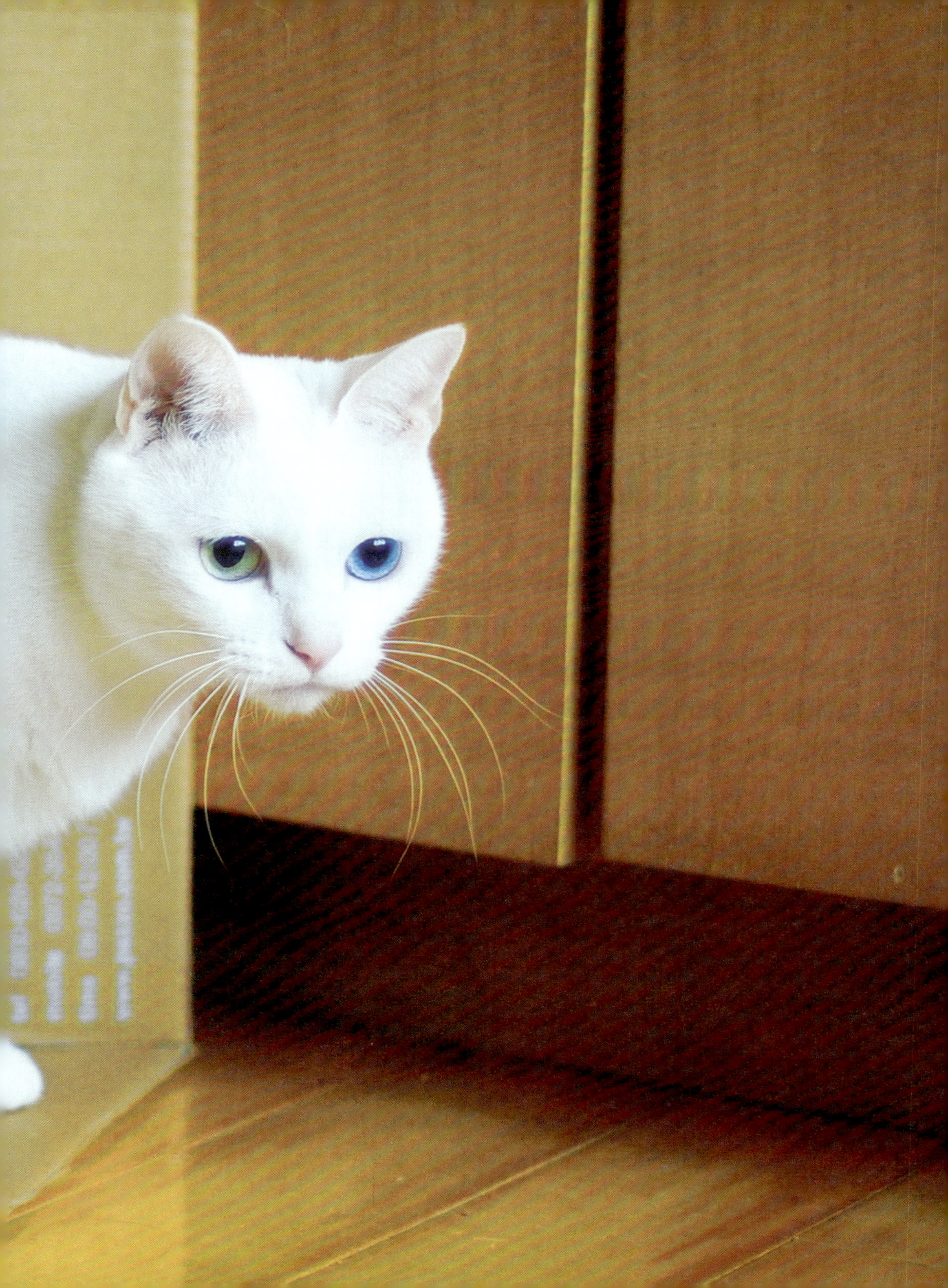

我不是明珠

Love is endless.

心里的鬼

某次，我忧郁症发作，去找心理咨询师咨询，跟咨询师解释我心里的鬼跟我说什么，常见的内容大概是"同样面对生活压力，为什么别人没事，我却崩溃？若说跟成长环境有关，为什么拥有相同的家庭背景，有着相同父母的哥哥姐姐没出事，就只有我这么失败和脆弱？"

咨询师皱眉："不能这样比较……"

我咄咄逼人："为什么不能比?!"仿佛急于证明自己的失败。

她也情急起来："就算同一个家庭，每个子女的成长情况都不一样，怎么可以这样比较？"

我没有被说服，但感受到她坚持不认同我天生失败的好意，所以静默。也许她以为我听懂了，所以也没进一步解释。

后来我每次感到挫败，为自己达不到主流社会既定的成功范畴而焦虑、为难自己的时候，便又想起咨询师的话。但无论自我安抚多少遍，还是无法放开。跟三个哥哥姐姐的落差让我始终不能释怀，学业、经济、成就还可以认输，接受我们的个人能力和天赋不一样，可是最说不过去的，是我无法跟父母相处。每次我试着亲近和取悦爸妈便觉得痛苦，呼吸不顺畅，

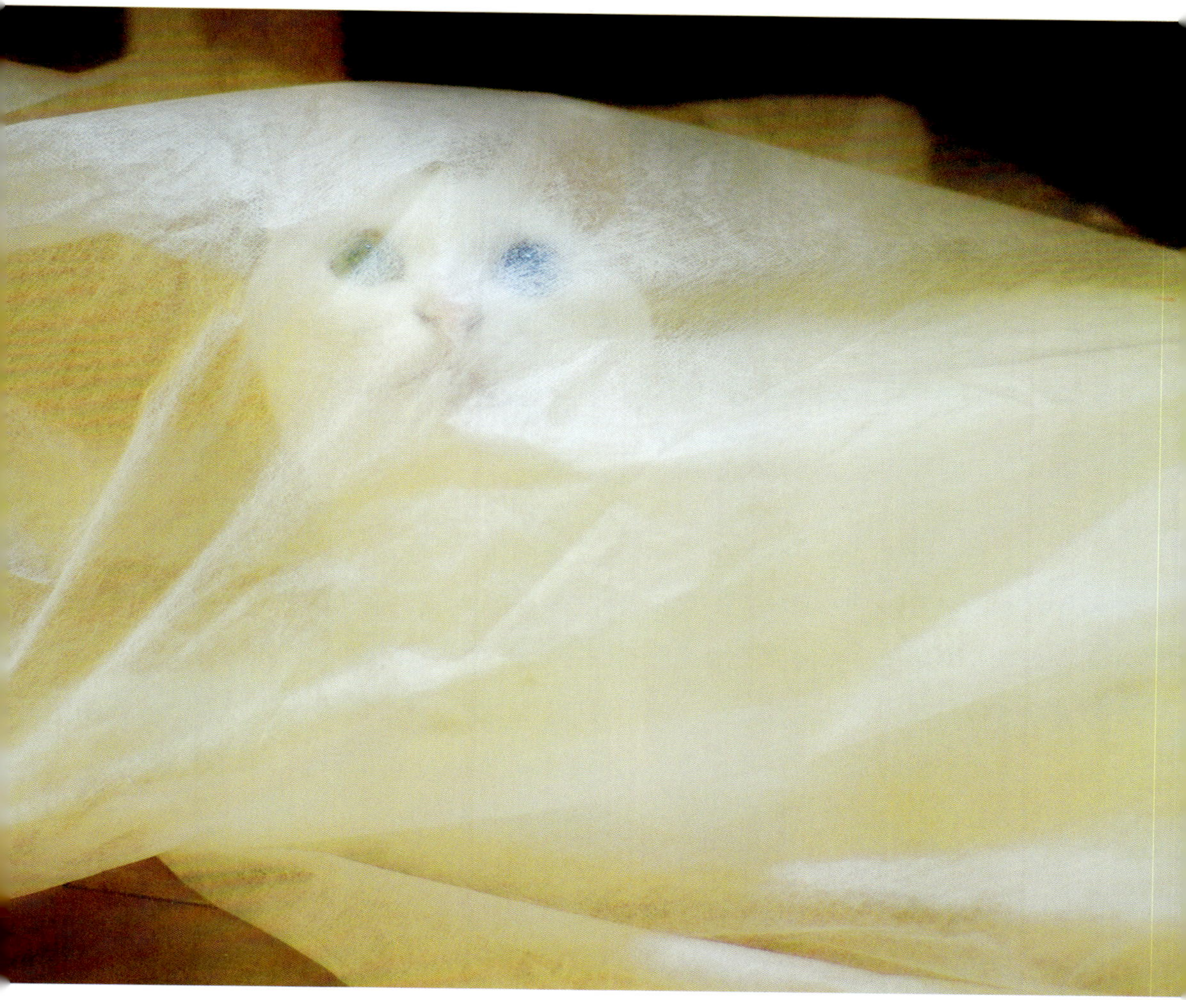

撑越久越感到愤怒沮丧。而我用最自在的态度和方式生活，却会为他们带来失望甚至伤害，我也会因为他们受伤而受伤。

中国人对孝顺的高要求从没衰落过，若达不到社会默认的某个水平，就会感受到各种有形无形的压力。很多批判就算不是直接针对我，我也会对号入座，将其过度简化地判断为指认我冷漠心硬、不知感恩，或理论派会分析成一定是有什么放不下、长不大、看不开，总之是没长出智慧和仁慈去超越一些早该过去的情绪……类似的批评我只要偶尔听到一次，心里的鬼便会循环播放无数次，像紧箍咒一般让我恶心欲吐。怀疑自己错得离谱，但又无法做对。

爱的成分

一直背负着"同一个家庭，却只有我很差劲"的想法，既不解又自责，直到养的猫从一只变成四只，从我跟各猫不同的互动关系中，我忽然对咨询师那句"每个子女的成长情况都不一样"有了充分体会，头上的紧箍咒竟有点松开。

我对家里的猫有着同等分量的承担，愿为他们的生活负责，这方面是一视同仁的，就像很多母亲会说"我当然每一个子女都爱"。但她们没说的是，"爱"当中的构成其实大有差异。我抱着不同的心情和出发点爱家里的四只猫，他们的回应各有不同，最后造就了四段独立的人猫关系，人类的亲子之间不也是这样？

对的时机对的猫

用什么心情去爱一个人或一只动物,跟种种机缘有关。首先取决于他们出现的时机和顺序,以及与人共同经历的人生阶段。养第一只猫是我计划已久的梦想,在 Tovi 还未出现之前,我已经在心里腾出空间,期待由他来填满,对他付出的情感在事前已积蓄良久。众多新鲜的第一次只属于第一个孩子,我们有着共同开创和共同成长的重要关系。对的时间对的猫,Tovi 于我便如长子般独一无二。

随后加入的饭团和美咪是江小姐的猫,是我选择的新生活附带而来的责任,对他们的感情以道义和良心为基础,比我对 Tovi 理性得多。三猫两

我是笨拙、压抑的 Tovi。

人花了一些时间彼此了解、磨合之后渐渐建立共存的默契，生活自然而平静。比起养第一只猫的战战兢兢和隆重，第二、第三只随缘放松，心态完全不一样。直到明珠降临，由于她戏剧化的出场、濒危的状况让人丝毫无法犹豫，便要掏出所有去挽救她，刺激我又重新经历初次养猫的警醒，跟她培养出共患难的革命情感和患得患失的珍惜。

爱不爱哪有这么分明，现实哪有这么公平

　　四只猫因为不同的缘故，出现于不同的时间点，每一段人猫关系从起跑线已经不同，都是独特的缘分。父母跟子女又何尝不是？有些父母很介意被批评为"不公平"，以为这等同于"你不爱我"的指责，但其实不是不爱，而是人世间每一份爱都千丝万缕不尽相同。不公平是事实，因为没有一份爱能够复制。别人爱我是这样，我爱别人也是这样。

　　那时候明珠刚出现，便跟我们两人紧紧维系在一起，亲密、信任、依赖，一下子便超越了其余三只猫，成为得到最多关注的新宠。我自问对Tovi、饭团和美咪绝对不会喜新厌旧，于是仔细回溯跟每只猫建立关系的过程，想对比出与跟明珠的感情有何差异，结果我重新体会到动物或人的个性如何影响命运。

　　人对所爱的对象总会有某些情感上的期待，我对猫的期待是亲密和信任，明珠完全满足了，还附送开朗、活泼、贴心、甜美。就好像我期待一个暖宝宝，却得到一个暖炉加毛毯再加热可可，上面还有棉花糖，当然惊喜不已，不由自主就加倍疼爱她。观察明珠让我十分感叹，个性和外貌讨

我是想太多、给人压力的饭团。

我是孤僻多疑、难以亲近和取悦的美咪。

我从来不是明珠。

喜真的可以左右自己一生的际遇。这种天赐的优势，以宿命的说法，在家里叫作父母缘，在外面叫人缘。我感叹是因为明珠身上众多的优点，我都没有。

我是笨拙、压抑的 Tovi，也是想太多、爱抱怨、给人家压力的饭团，更是孤僻多疑、难以亲近、难于取悦的美咪。我从来不是明珠。

因为爱猫，才懂得爱自己

养明珠这样乐天知足的女儿，她快乐，我也快乐。养美咪这样阴沉敏感的女儿，她寂寞辛苦，我也吃力不讨好。而世上能得几个明珠？一个家庭里可以有几个明珠？过了半生，我才从四只猫身上体会到这个事实，松了一口气。原来不是谁不够好，不是谁很差劲，只是我们每个人都不一样。相处之中，有人难过受伤，不一定代表有人做错，有时候我们光是做自己，就已经为他人带来压力和伤害，光是做自己，便已经让别人苦恼失望。

我曾经对美咪颇有微词，常因她对人的不信任感到失落，觉得我长年付出的善意和包容她从不领情，对她不愿亲近我十分介意。直到有一天，我恍然发现我就是美咪，我妈妈就是我。于是我忽然懂得了该怎么爱美咪：放下期望，给她空间，真心尊重她，欣赏她，以她感到最舒服的距离去爱她。也忽然懂得了我妈妈的心情——她感到的失望和委屈，还有她空有一腔母爱却怎么表达都是错的那种无奈。

如果所有困难的关系都是上天安排的课题，我想他要我学的并不是改变对方或自己，不是硬要让相冲突的变协调、不同的变一致，而是在解不开的矛盾和失望当中，学会不要恨对方，也不要恨自己。

不在身边的时候

Love is endless.

变成偷窥狂的缘起

也许因为我的上升星座是处女座，年纪越大，我的洁癖越严重，控制狂和胡思乱想吓自己的倾向也越发明显。我不敢走旅游景点的吊桥，因为觉得会掉下去；搭飞机有一丁点震动，便担心会遇到强烈气流。有一阵子我每当下班回家时，都很害怕推开门看到猫出了什么事。

忧虑和恐惧累积到一定程度，便会驱使人寻求出路，于是我忽然认定非得在家里装一个 IP 网络摄像机不可！这样便能随时随地用手机或公司的电脑监看猫是否平安。上网比价看到从几百到上千元一台，有点贵，于是我向什么 3C 产品都有的哥哥讨来一台旧的凑合着用。不太懂科技的我花了三四个晚上，才成功地将摄像机接通无线网络，装好手机的 APP，并确定电脑的浏览器能顺利连上。我内心为此非常得意，自觉为爱猫克服了困难，完成了一件大事！但仔细想，我只是回应自己内心的不安和控制欲罢了。

摄像机刚启用时，我觉得很新奇，我曾经躲在浴室用 iPad 偷看猫在客厅的情况，回家时站在门外用手机看，猫有没有在门内迎接。外出坐车看，上班也看，午休和走在路上也随时看，真的很变态。如果我的孩子是人，应该会被过度监管的母亲养育成精神病人。

以安全为名，求自己心安为实，我们家的猫没有隐私。

事实一：猫真的整天在睡

最初，上班的八个小时，我都开着视窗观察猫的情况，以神经质的频率，每工作一会儿便点后面的视窗来看。全程观察的结论是，猫真的觉很多。我有常识，早知道成猫一天睡 20 个小时，但实际上每小时数次，我怀着期待查看直播，结果看到他们都在睡，"猫整天在睡"这认知才真正具体化。

在公司看着电脑里一动不动的猫很无聊，回想平常我在家里只要一示意，明珠便奔向我喵喵叫着撒娇，想起饭团精神抖擞地竖着尾巴朝我走来讨饭，想起美咪从某处探头探脑看我的动静，想起 Tovi 撑着刚睡醒的双眼皮向我"呱"一声打招呼……对比白天看家只会睡觉的他们，我发觉原来猫挺在意跟人共处的好时光，他们的精力与兴致都留着跟我们共享。

另外，比较实际的观察，是了解到各猫白天喜欢躲在哪里、睡在哪里。有些我以为他们不屑用的箱子、垫子或椅子，原来我不在的时候他们会用，本来想要丢掉它们的念头便打消了。

事实二：因为猫，方知冷暖

坐在苍白、冷漠的办公室，整天在空调的环境里呼吸，不知道外界温度；光线是毫无情趣的日光灯，我的座位周围没有窗户，看不到天色。透过电脑屏幕看见家里的窗纱飞舞，方知道今天有风；猫翻肚皮赖在地上是暖，猫窝成圆形趴在垫子上是冷。看到猫从上午的柔和光线，睡到下午的西晒，然后看到瑰丽的日落照得一室金黄，接着逐渐变暗，终于天色全黑，变为红外线夜视模式……而我在办公室仍没能下班。不禁感慨，我们努力工作供养一个家，其实没太多时间享受，房子都是猫在享用。猫在家里晒太阳，呼吸新鲜空气，欣赏美景与日落。而我从市区下班回到家往往天已全黑，只能拉上窗帘，匆匆打点晚餐填饱肚子，做点例行家事，稍事休息便梳洗睡觉……醒来又是赶着出门上班的一天。

事实三：家其实是猫用得多

从前看到一屋子猫床和纸箱，好像家里的布置都以猫为主，自己也觉得很过分。但认清"家其实是猫用得多"这一残酷的事实后，家具以他们为中心又好像很合理，有点辛酸的合理。

家里装摄像机之前，曾经有朋友介绍我上网看一个野外鸟类观察的直播，镜头设在东欧某森林的树顶，一窝鱼鹰的巢穴上方。每天鱼鹰爸妈捕鱼回来喂养三只小鹰，过了两个月左右小鹰羽翼渐丰，慢慢学习自己啄食鱼。这是我第一次追看动物的生活实况，除了偶有狂风暴雨让人见识到野外求生的艰险，其余时间大都平淡无聊之极，千篇一律，然而这才是真实的生活。

后来开始看家里的猫也是这种感觉。人是很奇怪的生物，若不是摆在

在公司眼睁睁看着明珠玩水，一直玩，一直玩。

眼前，便很容易忽略一些事实。从前我白天只看见自己的世界：工作、邮件、网络社交，当我几乎连续不断地旁观猫在家的实况，才真切意识到这四只动物一天 24 小时，每一天，十几年，一辈子，就活在如此有限的空间里，终其一生。这是一件单纯却不简单的事。他们的一生和整个世界，就只有那小小的范围，以及我们两个人。我对他们多好，等于他们的世界有多好。我若对他们宽容，他们便活在宽容的世界；我若待他们严苛，他们的世界便严酷；我若冷淡，他们便受冷落；我若温柔，他们才能体会温暖。

体会到他们的世界就这么一点点大，再怎么生事，也只不过局限于这小小空间，我变得不再介意四只猫偶尔相处不好，如果要我永远固定跟几个人关在一起，间或吵吵架有什么好意外的？我也不忍苛责猫半夜狂冲、追逐，那不过是正常的能量释放，不然他们还能去哪里跑呢？

网络摄像机是我的精神处方笺

每次我们两个人一起出游，无论去国内还是国外，只要离家超过一天，我便会担心猫。感情上轻微的牵挂不是问题，要命的是我会非理性地担心猫的安危，幻想各种离奇意外。（好吧，我大方承认，虽然表面上未必看得出来，但我对电话铃、门铃和出国也有点病态的焦虑和惊恐。）这时候，网络摄像机便是我的精神处方笺，每天能以手机隔空看到四只猫和家里平安无恙，完全可以安抚我内心的恐惧。

旅游无论玩得多开心，每当回到酒店，推开门的一刻我想到里面没有猫，总有一份失落。回一个没有猫的地方，便不像"回"的感觉。能够住在舒适的酒店我很开心，明亮的大浴室和洁白而没有猫毛的床单，都让我十分雀跃，可是我几乎每次离家都会失眠。没有Tovi霸占大半个枕头，没有明珠压在胯下，身体舒展，内心却若有所失。

上一次跟江小姐一起旅游就是这样，晚上在酒店挂念着猫，幸好这次终于能以手机偷看他们的情况。有饭团，有Tovi，偶尔看到美咪闪过镜头，我会高兴得大叫，跟江小姐说好像看到野生动物的踪迹。三只猫显得有点无聊，但也怡然自得，跟平日没什么两样。唯独明珠，她让我们很意外。明珠长驻在柜子朝向大门口的一端，不是守在那里睡觉，就是端坐盯着大门看。一晚、两晚、三晚、四晚，每次我睡不着打开手机，都会看到她痴痴看着大门等人回家。没料到平常最大大咧咧、最乐天、最顽强的小

左四：躺在日本酒店舒适的床上，看到明珠睡醒便看着门口，一天两天三天四天，白天晚上，我只能对着手机屏幕叹息，说珠珠好乖好傻。
中上：明珠莫名其妙地玩窗帘杆。
中下：夜归，从手机看到猫在黑暗中冷清寂寥的模样，会心疼。进家门的一刻便会分外温暖地呼唤他们每一个。
右上下：明珠打扰Tovi睡觉。

终于回家，整理梳洗完，躺回自己的床，猫马上加入。
经过别离的牵挂，看过黑暗里的孤独，才充分体会在一起的幸福。

猫，竟然这么情深，比谁都牵挂我们，让我意外又感动，心疼也心甜。如果不是有摄像机，我便不会知道明珠这纤细的一面。

看见与看不见

有了网络摄像机以后，每天上班出门前我便启动摄像机，到公司打开电脑，开工仪式的顺序是开电子邮箱、通讯软件、Facebook，再打开家里的网络直播，这样看猫足足看了大半年，直到工作形态转为在家里当SOHO，隔空看猫的习惯才结束。本来只是用来让自己安心的工具，却出其不意地让我对猫和生活有了新的视角，看到了从前看不到的光阴与事实。

虽然谁都知道活着必然是每天 24 小时活着，但人有时候看不见便很容易忽视。我知道猫整天在家，但不长期观察他们的实况，便不会真切感受到每一天的漫长。一般家猫过着安稳而无聊的时光，仍可视作平淡的福气，但如果是不幸的、受苦的呢？很多时候只要我们看不见，便错以为那些苦难不存在，事实上，被社会遗弃的动物甚至人，痛苦的每一天都在忍受，等候的每一秒都在煎熬，他们不只是活在我们看得见的片刻。

而后来我决定不再当上班族的其中一个依据，可以说是为了"重夺家园"。留在家里工作，与猫共享可以看到天色和享受微风的生活，不再傻傻坐拥一个可以看到夕阳的家，却不知道为什么每天工作到天黑才能回去。

很久很久以前看过一本少女漫画，男主角说："你永远看不到我最爱你的时候，因为你不在身边的时候，我才最爱你。"没想到使用网络摄像机的经验，也可以让我说出类似的"肉麻话"：不在猫身边的时候，我才反而最懂得爱他们。

大拳在握

Tovi:"你看我的拳头多大!砂锅大的拳头,天天在猫砂盆插沙练的!"

安静星期五

我们的脸书有一个相册,每到星期五贴一张静静的照片,
只有最简单的标题,没有图片说明。猫有时候就是该静静地欣赏。

如果她是巨猫，
我是小人儿

Love is endless.

人类对猫的想象，是否只是自作多情？

网络上曾经流传一个阿根廷速溶咖啡广告：正常温馨的房子里趴着一只有半个客厅那么大的巨猫，猫很放松，眯着眼、折着手，这时候，一个穿着宽松毛衣和羊毛袜的年轻女孩，捧着刚泡好的热咖啡入镜，走到巨猫旁边，她小得像拇指姑娘。女孩舒服地靠着巨猫奶油色毛茸茸的肚子坐下，小人儿与巨猫一起在地毯上伸长脚，无比惬意。

像童话一样，这广告把养猫人心底渴望从猫身上支取温暖的憧憬实现了。猫友们在脸书分享这个视频，大家都说"好可爱啊！""我也想要！"之类的，我也欲罢不能地连看几遍，微笑着想象如果我是那小人儿，要如何抱着巨猫的脖子撒娇。

可是忽然想到阴暗面。如果我在猫面前变得那么小，那么脆弱无助，我能确定巨猫会对我温柔呵护吗？脑袋里出现一些自己曾经强迫猫的画面，一阵胆怯涌上心头。

明珠探视娃娃屋书房一角。
拍照的时候我内心狂叫:"好可爱啊好可爱啊!"
但万一猫真的变这么大,要是世间真的有报应,
我们能问心无愧地相信动物会对人类手下留情吗?

强迫有两种

我强迫猫做过的事情大概分两类。一种是"为她好",例如结扎、看医生与进行各种医疗行为、定期剪指甲、夏天剪毛、洗澡之类。这一类通常被推崇为"负责任的主人"该做的事,但深想一层,这些只不过是为了配合现代居家生活的"不得不"而已,是否真的"为她好"可以有更深层次的商榷余地。另一类纯粹为了满足私欲而做,例如在猫未必乐意的时候搂抱和亲吻他们,为了自己觉得好玩而给他们打扮或让他们戴柚子帽,这一类若是遭受严格的道德质疑,其实很难说得过去,只能勉强辩称为主人和宠物之间可以彼此谅解的默契。

光是想到这里,便觉得如果人和猫真的角色互换,我凭什么期待巨猫怪兽一定会对脆弱渺小的我温柔呵护、小心翼翼呢?

如果有一天,人猫角色互换……

试想:

巨猫怪兽会不会把我从街头捉住,关到一间屋子里,用水和香到呛鼻的清洁液清洗我,要是我挣扎反抗,她便骂我不乖,或一味叫我忍耐?会不会有一天,她忽然把我塞进笼子,带我去医院全身麻醉,割掉我整个子宫?!再套一个塑胶喇叭在我的脖子上,回家把我关起来,再忽然塞我吃不知名的药?

巨猫怪兽会不会几乎天天给我吃一样的食物,如果我不想吃便骂我浪费，要挟说食物很贵，如果不乖乖吃光，她绝对不会再给我新的食物？会不会有天我吃喝的分量没有达到她要求的标准，她便对我灌食灌水？巨猫怪兽会不会从外面再叼几个小人儿回到狭小的家，硬要我认他们当兄弟姐妹，被强迫共同起居一辈子，若是相处不来便怪我脾气不好？要是我不愿意亲近巨猫怪兽，会不会被视为性格上的缺点？

如果我对这些其实没得选择、这些也从不是自己要求过的食宿和物质供应，没有她期待的感恩和归属感，我会不会被贬称为没灵性的畜生？

类似的想象可以无限延伸下去。

爱与尊重弱者，最需要的是想象力

我喜欢幻想家里的猫的内心世界。最初只是为了好玩，但渐渐越想越投入。站在他们的立场，重新检视我做过的事和说过的话，结果让我看见另一个自己，一个没有我自以为那么善良和没有过错的自己。

诚实地代入弱者的角色，往往是最可怕、最严厉的反省。

交换立场，不单需要勇气，还要有自信，相信自己有变得更好的潜力。

从安稳的宝座走下来，站到弱者的位置思考，一般不太愉快，甚至痛苦，因为想完之后，通常要付出认错和修正的代价。但唯有这样，才能唤回我们都太容易丢失的同理心。也唯有这样，在我们面前无法言语的弱小——无论是动物还是社会上的弱势群体，才有可能等得到我们迟来的反省和良心。

说到最后，竟发觉原来爱和尊重最需要的品质，可能是想象力。

人与猫的差别待遇

被猫踩到脚，会觉得很可爱，凉凉润润的肉球，小小的重量，心都要融化了。
被人踩到却只会感到可恶！（回头瞪）

苍蝇获胜

逗猫的时候如果忽然飞来苍蝇,猫便会马上舍我而去,我与手上的玩具顿时变得幼稚又无用。

很多指甲!

每次打扫房间,吸地之前,全家都要剪指甲。
算起来很惊人,有 112 片之多!!

我的同事

这是我在家里工作的模样,餐桌充当办公桌,睡衣也是工作服,猫是最可爱的同事。面包烤好时"叮"的一声就是休息时间到了。

亲子鉴定

世上最可怕的亲子鉴定。

明珠:"你说你是我妈妈,那帮我舔屁屁啊!"

超大颗的定心丸

明珠通常睡在我的腿窝,但偶尔好像感应到什么,会上来压着我的胸口。

重量刚刚好,让我整个心都安定下来。

忽然相信,猫是上天给我的定心丸。

神奇赞美疗法

Love is endless.

口德实验

有一阵子看了一堆关于心灵成长的书，其中一本的某个章节，提到一个小实验：研究者装了三碗米饭，分别对它们（A）说好话、（B）说坏话、（C）漠视。结果听好话的米饭略微发霉，听坏话的严重发霉，被漠视的超级严重发霉。由此说明语言和善念的力量，以及冷漠的杀伤力。

基于无聊与好奇的本性，我常会在家里做一些小实验。例如当年看电影《少年派的奇幻漂流》，我回家便念念不忘，终于买了香蕉丢进浴缸，看它是否真的会浮起来。网络流传的各种神奇妙方，我也做过不少实验，于是也抱着好奇和好玩的心态照做了这个"米饭口德实验"。

看完《少年派的奇幻漂流》，回家洗我们家的老虎，顺便做香蕉实验，果然会浮！

被漠视的饭　　　　被责骂的饭　　　　被称赞的饭　　　　　实验第 12 天

　　我将米饭装进三个小玻璃杯，用保鲜膜封住，一同放在放置盆栽的小温室。我每天拿起第一个玻璃杯，跟米饭说：我爱你哦／你好棒／你是好米饭；拿起第二杯说：最讨厌你！／没有人喜欢你！／你没用！对第三杯米饭不理不睬。过了大概一周，三杯都渐渐发霉长黑点，没有明显的分别。我心里开始觉得这实验应该是假的，算了。

　　有一天倒垃圾，我打算顺道清掉这些发霉的饭，却突然发现本来各自有一点发霉的三杯饭，在我没注意的时候起了惊人变化！听好话的饭仍保持一块黑点，听坏话的饭除了黑点，还整体变橘色！被漠视的饭最夸张，竟然整个长了厚厚一层白毛！

　　突如其来的结果让我相当震撼，匆匆用手机拍照存证，浑身鸡皮疙瘩地把饭倒进垃圾桶。想一想觉得不妥，我又打开垃圾桶，跟里面的饭说："谢谢你们，对不起，谢谢你们的启发，谢谢！谢谢！"然后恭恭敬敬地系紧垃圾袋拿去丢掉。把三个杯子清洗多次以后，还是放着不敢再用。

　　我把实验结果绘声绘色地向江小姐报告，并宣告我决心以后要多说赞美与感谢的话，因为话语有力量，我现在不敢不信。江小姐也同意，跟我一起立志。之后我们家便无时无刻不充斥着自夸自赞，若是有外人听到应该觉得很恐怖。

1　爱无止境

人类的语言霸凌

我们尽量称赞对方、称赞电器、称赞食物，最困难的是称赞自己，最经常和最全情投入的是称赞猫。

坦白说，跟 Tovi 住在香港的时期，我对他几乎不说任何坏话，可是来了台湾之后，我堕落了。为逗口舌之快或发泄一时的情绪，我会对猫说一些负面的话，例如经常以不太尊重的语气说饭团和 Tovi 是老头、老伯，说美咪是疯婆子、瘦得像蛇，说明珠无耻自私等等。

我们最对不起美咪。只因为她个性比较容易紧张，不喜亲近人，我们便经常诋毁她，说她有被害妄想症、活像野生动物，说她老是把我们当坏人，说她鬼鬼祟祟，小家子气又自闭。虽然心里不是不疼她，但嘴巴上却不饶她。我们身为大人，又是美咪唯一（二）能依靠的人类，却仗着自己掌握话语权，肆意用言语欺凌一只猫。就算美咪从未责怪，我也应该十分惭愧。

我们一改以往对美咪的负面形容，远远看到她便大声称赞："身材最健美、身手最敏捷的就是美咪！""你看起来好年轻啊，这么多年也没有老，谁知道美咪已经 11 岁了呢！""美咪，真是谢谢你，一直这么健康，没有让妈妈担心，谢谢你。""美咪，你是世界上最美最乖的花猫哦。"（务求做到四只猫都可以"最"乖，一定要指明美咪是花猫。而饭团是最乖的长毛猫，明珠是最乖的白猫，Tovi 是最乖的灰猫。）"美咪你好可爱啊！""美咪，我很喜欢你！""美咪是好猫咪，是妈妈的乖女儿。"……刚开始语气有点刻意，后来越说越自然，像条件反射一样，一看到她便充满爱意地叫她："美～咪～"

美咪即使摆出这张脸,我仍然坚定地说:"美咪是世界上最漂亮的花猫!"

"美咪好乖!美咪真美!"
(美咪:我在听,继续说。)

美咪的友善环境初体验

　　本来我也怀疑，突如其来的关注和多话，会不会让美咪感到困扰和压力。可是美好的事情发生了，美咪的反应相当正面，在我眼前现身的频率明显变高，跟她打招呼她会跟我目光相接，喜欢在我身边徘徊，常对我表示出兴趣，没从前那么爱躲人。

　　美咪喜欢让人拍屁股，为了讨好她，我早晚固定在鞋柜边一边赞她乖，一边拍拍鞋柜上的她。渐渐地她习惯了这个时间表，晚上她看到我刷牙准备睡觉，便冲到老地方激动地喵喵叫着呼唤我。早上我推开房门，马上便会遇到她期待的目光，然后她热切地喵喵叫着冲去鞋柜，要求拍拍。我没想过竟然会有这么一天，能跟美咪建立起这种密切依赖的"亲子关系"。其实早上我有起床气又尿急，她刺耳的叫声让人压力颇大，若换作从前，我应该会抱怨她烦，但现在我会耐着性子跟她说："美咪早安！等一下啊，我先去上厕所。""好……我知道了，很快就来。"

　　开猫罐头的时候，Tovi、饭团和明珠通常都开开心心，乖乖吃光，不劳我操心。只有美咪爱答不理，叫她也不出来，出来也未必吃，吃也可能只舔一口，几乎没有任何一次给我吃干净。从前我会不高兴，觉得她不领情、难伺候，偶尔会赌气地说："你以为我们下毒吗？""有多难吃呢？大家都吃就你不吃，你很奇怪耶！"现在这些话我都戒掉。她不现身我不批评；如果她出来但不愿意靠近碗，我会端到她面前劝道："你闻一下，很香的哦，是妈妈特别买给你吃的肉肉哦。"然后离开现场，免得给她压力。若是她愿意舔一口，便轻声称赞她乖；如果她很给面子吃半碗，我更会夸张地说："美咪好乖！妈妈每次看到你吃东西都觉得很开心，谢谢你。"无论她剩下多少，我都不再埋怨，只默默拿给 Tovi 让他替她吃完。

有点迟但没太迟,我们终于找到方法表达爱。

"美咪真是亲人的猫咪！"她对我这样翻肚皮！（甚感欣慰）

以往我们经常当面批评美咪过瘦，她在饭碗前爱吃不吃的态度会惹得我和江小姐不高兴，一唱一和地嘲讽她修仙。"改过自新"后，每次瞄到她吃饭，我便会说："那个很美丽又健康的花猫正在吃饭呢，好乖哟！"没错，我活像一个终日自言自语的变态。可是美咪真的变得更常在我面前吃饭，体态丰腴了一点。从前她进食时我们都不能靠近，不可发出声响惊动她，否则她马上弃碗不吃，现在即使有人路过，她也照吃不误。

得到一点甜头，我们变本加厉地进一步称赞她："美咪现在超有安全感！美咪是一只十分亲人、很信任人的猫咪。"她开始大方地在我们附近路过，有点享受歌颂的姿态。我真切感觉到美咪变得开朗，走路更神气和自信，有时还主动找明珠玩，告别从前悲情小媳妇的气质。虽然她仍然比其他猫敏感，而且重视猫的私人空间，但美咪跟过去已经不一样了。

疗愈成效

我反复思考与怀疑，这一切是否是心理作用。猫其实根本没有变过？我终究不是猫，安知猫之乐？但即使猫的一切改变只出于我的幻想与错觉，有一点却千真万确：我的言语变好，于是心境也变好；家里的互动关系变好，于是生活也变好了。

我们家现在最常听到的话是"好棒啊！""Tovi／珠珠／美咪／团团真乖！""怎么你这么帅／美／聪明／贴心／优秀／可爱？""我很喜欢很喜欢你""你是妈妈的好孩子"……我知道很恶心，但赞美真的有魔力。真心赞美的一刻，他们就真的这么好，我的心情就的确这么满意。从前很多负面情绪现在被善意取代，不耐烦被温柔取代，挑剔被宽容取代。

赞美需要练习和锻炼。刚开始的时候，夸两句就词穷，得用心想，才渐渐地变流利。练习多了，赞美就有如滔滔江水连绵不绝。甚至面对朋友和陌生人，也比从前更不吝于赞美。最初只为了一点好奇和一点迷信，实行这"赞美疗法"，结果不知不觉练成了一个慷慨的赞美者。最被疗愈的竟然是自己，多么美好的意外收获。

我领悟到，原来赞美是一种习惯，善意是一种习惯，温柔是一种习惯。一旦习惯成自然，就成为生活。而爱其实也是，一种最可贵的生活习惯。

左上：饭团体质敏感，容易气喘、软便，我们便用最强的信念对他说："团团的呼吸道和肠胃最强壮了！团团精神又健康，常常像小猫一样有活力，真了不起！"
左下："珠珠你好可爱啊！我很喜欢你啊！"我觉得这张照片道尽我跟猫的尊卑关系。
右上：我一天很多遍浮夸地说："怎么Tovi这么乖，这——么帅！"
右下：长骨刺的Tovi迟钝艰难地跑楼梯，我义无反顾地说："刚刚是不是有黑豹奔跑而过？像猛兽一样的是谁？Tovi吗？好勇猛，好有力！！"

四大护法

每当蟑螂入侵，四只猫总是挺身而出，冲锋陷阵，击退恶虫，守护软弱的人。那一刻，他们是我依赖的英雄。

天生猫才必有用

猫也是各有所长的,不能以相同的标准评价他们。

美咪精通"躲藏学",善于钻往各处隐身;

明珠在"挤小箱子学"方面表现出众,副修的"都市更新"系(拆毁纸箱房子)同样出色;

Tovi 对"扮人类学"自小就有天分,尤其是躺床、打鼾,

以及大口呼气发出的叹息声,你听了就明白什么叫才华;

饭团专攻"挡路学",无时无刻不在发挥所长,完全活出"让天赋自由"的精神。

孩子们都找到了适合自己的路,身为母亲的我倍感欣慰,心满意足,别无所求了。(用手帕擦眼角)

如何塞满小纸盒

我研究过明珠如何把自己塞进比她小的纸盒,诀窍在于"旋转"。
首先轻松端坐纸盒中央,然后一边旋转一边矮下身子,
大概转到360°,肥肉就能挤满纸盒内的所有空间。
此时身体可以完全放松,宛如女人穿马甲,享受紧迫带来的承托力与安全感。

难堪的选择

从前曾被小学同学逼问过无聊的选择题:"如果要与一个人永远一起住在荒岛上,A君与B君你要选谁?"而A君与B君通常都是班上最可恶或最古怪的男生,被迫二选一的话让人万分为难!

天气和暖的日子,美咪心情好,便会比较乐意亲近人,会找人按摩或求拍拍,但每次她都会在我跟江小姐的大腿之间来回反复犹豫,选不定去哪一个。

我忽然意识到,

我们其实就是她猫生里最难堪的选择!!!(晴天霹雳!)

美咪:"哪一个比较不难闻?好难哦......"

向光

经过生物观察家（本人）多年观察，确定猫是向光性动物。

采眼屎

每天采收 Tovi 的眼屎，有时候觉得自己像村姑采野菇。

猫拍人的平行时空

如果猫拿相机狂拍我，像我拍他们那样……我应该会觉得他们无聊、可笑又变态，会冲他们叫："别这么迷恋我好吗？很烦耶。"

Tovi："我拍到她打呵欠！"

明珠："你看她巨脚的肉垫！"

2 如果猫会说话

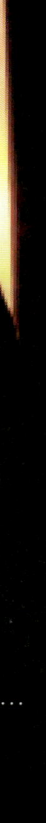

人与猫的相处，
大多建立在人类的认知上，
万一有一天，
猫开口说话，
会不会完全颠覆这个世界……

明珠：我来自 B914 星球，具备强大的能力。
　　　目前担任两个地球人的辅导工作。
饭团：谁懂得我黑脸背后的温柔善良？
　　　谁会欣赏我麻烦底下的多愁善感与聪慧？
美咪：我坚持当一只真正的猫，独立自强，自尊自重。
　　　希望透过坚持自我，让养我的人学会真正的尊重。
Tovi：我希望，在我离开后，妈妈会记得，
　　　她是个被接纳、被照顾和被爱的人。

明珠：
不要害怕，只要相信

If cats could speak

我来自星星

为什么要当猫？因为猫的任性形象早已深植人心，当猫可以名正言顺地不理睬人、爱睡就睡、不被期待、不用受训练。在我们的星球有大量数据显示，以猫的形体混入地球人的家里是最佳选择。

我来自 B914 星球，是太阳系生物研究所的高级研究员，为完成一篇关于地球人类的论文，从很远的地方来到地球考察。

地球人普遍认为雌性生物比较脆弱，尤其是长得漂亮的，最容易获得怜惜呵护，因此我采用小母猫的身躯，全白短毛，眼睛左蓝右绿，降临地球。短毛易于打理，白色予人洁净秀丽之感，而且上镜好看。白猫比其他花色的猫更容易拍摄，方便人类在网络上散布我的影像，提高我在该地区的曝光率。眼睛蓝绿双色，则是为了增加辨识度与话题性。

要了解人性必须通过考验，所以我把初始状态设定为病弱肮脏、奇臭无比，目的是观察我的研究对象在精神、体力、经济压力下的反应与极限。

那天我蹲在马路边的车下，发出脑电波寻找适合的对象。等了很久，终于迎面来了一个雌性人最符合要求：抗压性低、懦弱敏感、自信不足、愚钝顽固、奴性强……拥有这些条件的人最易操控与测试，适合短期研究。我发出最强讯号，与她目光相触，直接电击她的心脏。跟她脑波接上的刹那，便取得了她的生平资料。她当时已有多年养猫经验，家里配套设施齐备，果然是马上可以利用的人选。

人类之所以值得我们星球研究数千年，是因为无论他们多么软弱无能，却仍拥有自由意志，灵魂深处有个黑洞，无法被完全渗透与掌握。我们能够影响脑波吻合的人，但最终他们会作出如何反应，我并无十足把握。比如我向目标发射脑波之后，她也没有立即就范，而是带着慌乱的心回到办公室，打了一通电话，才决定前来接我。直到她把我放进小

我来地球的配备都经过精挑细选。

纸箱快步疾行，感应到她的心跳、喘息和颤抖，那一刻我才心里踏实，知道计划初步成功了，她上钩了。

伴你走一程

接下来的几个月，我按照原定计划展开研究。这个人的家里有三只地球猫和另外一个雌性人，他们也出现在我的报告里，但我主要的研究对象仍然是脑波最弱的那个人，针对她个人的弱点进行各种测试。

报告的详细内容不便在此透露，简而言之就是折磨她。她怕臭，便让她的生活环境臭气弥漫；她有洁癖，便让她消毒到精神衰弱；她怕穷，便让她为花钱如流水感到心痛；她懒惰，让她做牛做马没一刻得闲；她怕事，便逼迫她承担；她脆弱，便让她反复受挫；她想当好人，我让她知道自己的善意有限；她想凭个人力量扭转现实，我让她看到自己的无能。总之，在短时间内，把她的身心状态推到崩溃边缘，以记录个别人类在极端状况下的耐力与反应。

调查进行了三个月，报告已呈交相关部门。本来预计在地球时间四个月内结束任务，舍弃小母猫的躯体，返回B914星球，但经过多番考量，我决定留守在地球。在短期考察签证到期之时，申请为"外驻地球长期辅导员"。

从前听说这种延期回归、情愿留在地球陪伴人类的例子，我总是取笑那些研究员忘记初衷，多余又滥情。为人类背井离乡、浪费学术生涯的宝贵光阴，值得吗？直到我亲身经历，才体会到中间的恻隐之心与挣扎。人

我来自遥远的星际。

类的天真常常叫我啼笑皆非，一下子说我是她女儿，给我取名字，对着我又哭又笑；一下子替我办什么收涎派对，叫几个无知妇女来给我红包和祝福。我的心情就像看着一个无知幼儿玩过家家，坚持要大人陪她喝空茶杯、吃假食物。我便心软，不忍扫她的兴，决定留下来陪她走更远一程。

一旦成功申请转职，以猫的身份进行辅导，一个疗程就约 10~20 年。超过 15 年会开始影响我们回归原星球的适应力，所以不宜强留。而辅导时间太短，可能效果不佳，中途放弃更是大忌。虽然人类的智商不高，在宇宙中地位低微，但也是有感情、能感受痛楚的生物，所以宇宙公约绝不赞成辅导员在疗程中途无故中止辅导。老实说，10~20 年不是个小责任，一个人的幸福不是个小担子，但是我扛起来了。

我的人和她的猫

简单形容一下这里的生活环境。我跟这两个地球人与三只猫，居住在地球东经 120°58'、北纬 23°58' 的一个岛屿之北。长年屈居在这小房子里颇为局促，所幸一边窗户面向河流的出海口，白天看着波光粼粼，能感应到宇宙磁场与万有引力，清朗的夜晚可以观看遥远的星系。

这个小得可怜的蜗居，她们称之为家，由两人共同打理。一个是我最初锁定的研究目标，后来成为主要的辅导对象，我称她为"我的人"。她自认是我妈妈，因此逼迫我跟她姓陈。另一个女人姓江，我的"第二个人"，她本来只是报告里的附属例子，却在我转职为辅导员后，对我需索无度，迫使我同时辅导两人，经常工作过量、疲于奔命。

照顾人类不容易，但这责任我扛起来了。

她们养了三只猫，Tovi、饭团跟美咪。猫是地球上最无赖的动物，只要让他们遇到对的人和环境，便为所欲为、肆无忌惮、予取予求。猫有一种可以迷惑人心的魅力，让被他们所驯服的人相信，猫永远没有错，错都是错在人不够体贴、不知分寸、不会变通。

别看这三只猫平凡又单纯，他们光是做自己，就已经给了人很多基本训练，包括爱的启蒙、接受挫折、学习承担，还有初步理解"无常"的概念。若不是这三只猫前后花了十年的时间训练这两个人，后来我的加入与实验过程绝不会这么顺利有效。有时候我也喜欢把自己当猫，假作真时真亦假，找饭团和美咪消遣一下，跟他们追逐、抢食、捉昆虫，既可打发时间，也能锻炼身体。我对Tovi则有点保留，可能是由于某种后天的心理变异或脑部重创，他早已忘记了自己猫的身份。很多正常猫做的事情他都不会，例如大便不会埋，不懂分辨食物的新鲜度。他以为自己的地位比猫高，以为吃加工食品比较文明、比较像人，所以很排斥鲜食，又很执着于要睡人的床，用人的枕头。没有什么比迷失自我更可悲，所以每当我在床上辅导人类，遇到Tovi也想上人的床睡觉时，我会狠狠地赏他巴掌。早上醒来如果看到他又赖在人的床上，我也会打他咬他，希望他早日醒悟，回头做猫。

她的猫宝人生

地球的成猫一天要花20个小时睡觉，我表面上也一样，但其实身体静止休息时，大脑却不断处理资讯，联系太空站和发动念力，促成该发生的事情发生。其余大家看到我醒着的时间，小部分留给自己休闲、整理仪容

Tovi 以为自己是人，老是要上人的床睡，没什么比迷失自我更可悲了，我每次都想打醒他！

既然以猫的身躯行走江湖，就要好好保养和打理仪容。

和沉淀思绪，大部分花在辅导工作上面。

简单来说，辅导工作有两部分，人生教练(life coaching)以及心灵疗愈。没错，自从我介入这个人的生活，便用宇宙的能量去影响她的人生。她没什么大志，也不拥有很受社会重视的专业技能，只懂得小眉小眼地画一些小东西，混到几十岁仍能糊口，已属万幸。辅导一个人并不是要让她变成另一个人，而是根据她自身的程度，给予适当的引领协助。既然她喜欢涂鸦，我便让她以我为创作灵感，画画图、拍拍照，配几句她的小脑袋能想到的话，贴上网去讨一些赞。

别小看这种无关紧要的小图文，日复一日，她得到网友的善意回应，一个个"赞"的累积，给了她很大的鼓励。后来我看她勉强存够了信心，便呼唤宇宙，安排出版社找她写我的故事。

　　说穿了，她是个猫宝，生活和感情上时时依赖猫，是个不折不扣的靠猫族，要不是有猫，根本不会有人看到她。她毫无文学修养，只能勉强算是识字，要不是以我为题材，恐怕首印都卖不完。那本书里面，她提到家里三只猫教育她的过程，但大部分的焦点落在我身上，这是必须的。里面一定要有我的能量，书才会好卖。后来版税够她支付我早期花掉的医药费，也补贴了我们的日常伙食。Tovi、饭团和美咪也因此受益，算是我打扰他们生活的一点补偿吧。

表面上我在休息，其实是在跟母星联络。

心灵疗愈

虽然人类喜欢故作高深,但他们的需要其实十分简单。他们需要安全感来免于恐惧,需要爱去填补灵魂破洞。

说出来这么简单的东西,如果要从世俗和别的人类身上获取,却像缘木求鱼。以为拥有越多便越安全,结果却更害怕失去;想从亲人或情人身上得到爱,但人的爱却往往伴随着伤害。人跟人啊,不互相拖累已经足以偷笑。只有少数有慧根的幸运儿,发现能从单纯的动物身上,获得超越人类的安慰。

捡到我这种肉体是可爱的动物、精神发放宇宙善意的使者,委实是十年难得一遇的机缘,只能说她真的捡到了。我不单会启发人的思想,不断令她开窍,更默默为她牵线,安排实际的机会。

至于心灵疗愈,很难用人类的语言清楚说明。那是一种透过视觉、触觉以及灵魂的沟通,超越任何语言文字。只能勉强形容那是一种能量的补给与供应。人类扭曲的内心不断自我破坏,我则不停为她们修补。

由于我给她们的帮助实在太大而且明显,这两个人不是没有怀疑过,一度猜测我拥有特殊力量。她们曾经多次向我许愿,例如祈求好天气、索取灵感与能力、希望我改变某些现实,甚至拿着彩票来拜托我。对她们的要求我都不置可否,有时候暗暗达成,有时候搁置静观。

我的确掌握着巨大的能力,却必须含蓄。因为关于地球的文献里,记载过一个例子,发生在千年前的地球上一个叫埃及的地方,有外星使者以猫的形态降临,可是分寸没有拿捏好,展现了巨大的能力,后来人类把它当神膜拜。本来是要让人获得智慧,结果却强化了人类的愚昧。此后到访地球的宇宙旅人,莫不以此为鉴。地球人自己帮助第三世界的贫民,也懂得说:给他一尾鱼,不如教他织网;给他一碗饭,不如教他种米。我也以助人自助的宗旨辅导人类。

我不会保护她不伤心哭泣,但我让她破涕为笑;我没有移除她生活里的恐惧,但教她点点滴滴地积累勇气。她对未知充满不安,我不会轻易给她物质保障(虽然我可以,但别告诉她),只提醒她把目光收回当下,希望她醒悟到不安全感并非来自远方,而是源于人心。

我来了,是要让人得以疗愈。

不要害怕，只要相信

人类堪称银河系中最可恶又可怜的生物，只要有他们存在的地方就有毁坏、扭曲和伤害。有外星人说，人海茫茫，愚人如河中沙粒，数不胜数，帮得了一个地球人，帮不了亿亿万万个。但是我知道，当我辅导一个人时，至少这一个人的命运就能得以改变。

像我这种外星辅导员为数不少，曾经在不同时空，散布在地球各个角落。他们有的大出风头，有的隐姓埋名，有些仍在外面晃荡寻觅对象，他们可能乔装成各种姿态，也许看似非常落魄，若是有人捡他回家，像当初捡我的人那样，当时也许以为自己捡了个大麻烦，但被开启智慧后，便会意识到得益的是自己。幸运很多时候并非人类想象的刻板模样。

假如你觉得家里某只猫异常迷人，又莫名其妙很爱你，很可能就是外星来的辅导员。那只猫向你示意的时候，不妨多触摸和亲近，感受人类无法给予的安慰与疗愈。他不想被打扰的时候要懂得尊重，可能他正为你的未来安排美好的事。

在人世间，你要学着做个聪明人，但面对我，你可以安心地笨，肆意说尽宇宙间所有傻话，悄悄坦承一切害羞的愿望。我明白，人有时候最需要的，是没头没脑的相信，相信世间有一种善意，温柔慷慨地祝福着你，相信所有事情最终都会导向美好。如果你的内心也有这份期盼，那请你不要怀疑，不要害怕，只要你想成为更好的人，我和我的同类会带着整个宇宙来帮助你。

人海茫茫，愚人如河中沙粒，我只能帮得一个是一个。

确定！领养，不弃养！

B914 五号飞船:"#～＞↑，#～＞↑！"

陈明珠:"是！我在这里！"

B914 五号飞船:"★※⊙❉！"

陈明珠:"状况良好，但体形大了 6 倍，此刻负重 4.6kg！"

B914 五号飞船:"#！ ＊！ ……#％＆，↑！"

陈明珠:"……不了。"

B914 五号飞船:"♥⊙❉✚✚↑？"

陈明珠:"确定！现在不是时候。你们先回去吧。"

B914 五号飞船:"#～＞↑❉✚✚↑？"

陈明珠:"确定！我在地球走不开，因为我领养了两个人！领养，不弃养！"

以上讯号记录于：
地点：经度121°27'纬度25°09'，上空12,000米。
日期：2013年7月8日，"罗兹威尔事件"66周年纪念日。

掌　上

她窝在我手心睡觉!
于是我渴也不喝水,僵硬也不挪,
动也不动,怕把她惊动。
她躲在我手心做梦!
耳朵颤,脚抖动,
打一个哆嗦。
我跟她说,慢慢做,
好梦让我包裹,
噩梦我来承托。
握在手上,不会坠落。
我问掌上这个家伙,
是不是知道,自己叫明珠?

垃圾还是明珠

上次图书推广期间,我接受了好多访问,开场通常会被问:为什么陈明珠会出书?她的故事有什么特别?每次我都十分为难,不知该怎么回答。因为明珠并没有比其他猫特别,只是我们爱她而已。每只猫都有自己的故事、独特的个性、可爱的行动、有趣的心思。客观来看,明珠一点也不特别,但若以爱和珍惜的眼光去看,又有哪一只猫不特别?

我常用一种旁观的心态赞叹明珠的美,但也时刻记得她的出身,当初她不但不美,还丑得很。眼前这只雪白俏丽的猫,只不过是千万只流浪猫其中的一只。没有厉害的血统和背景,她来历不明且命运坎坷。人们蔑视她,她便低贱得如同垃圾;但若把她捧在手心,她便是一颗明珠。

我既喜欢又害怕在路上遇到猫,喜欢看见他们强健神气的模样,害怕看到他们病弱或怀孕的样子。每次听到母猫发情的叫声,或看到疑似怀孕的流浪猫狗,心便揪起来,因不安而冒汗。心疼母猫母狗比公的更命苦,很多母猫母狗才不足一岁,自己也瘦骨嶙峋,却有一群幼猫幼犬紧随,抢吃她干瘪的奶头。现实之重,何以承受。千辛万苦奶大一窝幼小,不消一年又生一窝,本来美好的"生生不息",在恶劣的环境里就变成了诅咒,变成了折磨。在我们身处的社会,生活在街头的动物鲜有幸福的例子。任他们如何努力求生,平均也只能活三年,活着的日子没有一刻不是危机四伏、冷暖自知。吃饭被嫌脏,排泄被嫌臭,磨爪被嫌破坏,求偶被嫌吵,生老病死也像连累街坊,好像他们活着便是错,碍着人便该死?所以才有爱护动物的人提倡TNR[*],替流浪猫狗绝育,然后将他们送养或原地放回。希望控制繁殖的数量能减少苦难的发生和延续。

[*]注:TNR(Trap Neuter Release),通过为流浪猫狗做绝育手术,使之无法繁殖的方式,来减少流浪猫狗的数量,对他们进行管理和救助。

明珠：如果我命不好，就只能一直生一直生，生死自己了！

  每当酷夏寒冬、暴雨或台风天，看到家里的猫安逸舒适，极庆幸能疼惜他们。可是又会想到外面有更多无依无靠的猫狗，他们的本质并无差异，命运却有云泥之分。明珠一点也不特别，从前她只是无数落难街猫中的一只；同时她也很特别，因为每一个生命都独特珍贵。其实，每一只猫的眼睛都灿烂得像宝石，深邃得如同小宇宙，只看有没有人愿意欣赏。垃圾还是明珠，只在于人类的一念之间，你跟我的一念之间。

许　愿

　　曾经希望能养猫，有一天真的有了猫！曾经渴望有自己的家，有一天真的有了家。

　　曾经梦想靠画画创作为生，想着画着写着，原来我吃得好穿得暖什么也不缺。

　　曾经许愿天天自由自在，散步、看风景、做面包，把家里打理干净，抱着猫做喜欢的工作，没有担忧的事情。有天正在画插图，明珠过来钻入怀里，挨挨蹭蹭调整了一个婴儿躺姿，头紧紧依偎在我胸前，两脚一蹬往我身上撑。我于刹那间静止，感受着平安至福，感悟着上天的厚待，独自泪凝于睫。

　　蓦然发觉一切愿望都已成真。

　　于是我决定继续许愿。

你是个有用的人

我的脑袋里面常会蹦出一些句子，吩咐我去做一些对猫有利的事情。

那个声音介乎普通话和粤语之间，性别不明，意思却清晰明确，像是某种脑波干扰、思想入侵。

例如，从前一天只铲一次猫的大便，后来那个声音叫我一天铲两次，再后来劝我一看到有屎就该马上铲！

又例如，某一天我打开电脑想要做点事，快要坐下之际，那个声音说："深秋了，很凉。该拿毯子铺在腿上，让猫睡在上面。做个有用的人！"

最后一句在我内心不断地回响，我认真地拿出毯子，整整齐齐盖在腿上，明珠马上像约好了一样过来窝在上面睡，貌似非常满意。

当时那个声音肯定地说："你是个有用的人。"让我安心又鼓舞，接下来的半天，自我感觉非常好。

明珠：要做个有用的人！

感同身受

　　每次不得不给猫戴上头套时，想象那种不适和郁闷，都会对猫感到同情和抱歉。有次我因为心疼再加上好奇，誓要多找出一个头套陪猫一起戴。心想一下也好，我要以真实行动去感同身受。

　　结果比我想象的更难受。首先脖子会被塑胶扣子刮痛，头无法正常活动，视线受阻会带来不安全感。加上很闷热，呼出来的热气会把头套内侧变潮湿，黏着下巴和腮边，感觉不断在滋生细菌和酝酿痘痘。而且它意外的吵，像个集音器、回声洞，把周围和自己的声音放大几倍。万一撞到或碰到头套，那声音更加吓人。我是个怕吵的人，猫更是，而猫的听力是人的多少倍？

　　从戴上头套感受和适应它，在脑海中构图、设三脚架和相机，最后抱明珠到桌面合照，全程不过 30 分钟，但我无时无刻不想摘下头套，不停在内心安抚自己：再忍耐一下吧，再一下就好。我知道自己能随时摘下头套却仍觉难以忍耐，何况身不由己的猫。他们不懂为何要套上这鬼东西，无论多么厌恶也无法自行拿下，不知要戴多久，不知有没有摘下来的一天。戴着它吃饭、喝水、睡觉、上厕所，日常生活都变得困难。平日维持尊严的基本动作，例如清洁身体、灵巧地四处跑跳、逃命和自卫的能力都被限制，变成四处碰壁和受挫。心情真的会很忧郁，至少我自己是这样。

　　照片拍完，我摘下自己的头套把玩，想象可以如何改良，也考虑是否应该买市面上其他设计款式的头套试试。但感觉最深刻的是，我们说爱动物，其实大部分时候都爱得不够体贴吧？

　　要不是因为这次带着玩味的体验，我永远不会察觉到，一些不假思索的处理方式，可能会一直带给动物痛苦，远超我们浅薄的想象。我们习以为常的对待动物的方法与设备，一定还有很大的进步空间。本来以为足够的可以更好，也需要更好。不单只对心爱的宠物，对其他动物也是。无论我们现在站在什么位置，对待动物一定还可以更仁慈。嘴上说的爱和同情，一定还可以更谦卑、更真切。

饭团：
谁明绿叶心

If cats could speak

独特如我

　　她们平常叫我团团、阿团，不高兴时会叫我"饭！团！"她们是很不体贴的两个人，服务差强人意，这些年来我一直忍让着。寄人篱下的生活就是要妥协，而身为波斯，难道要我流浪吗？

　　我这辈子没遇到过同类。我的意思是，外表独特如我、洞悉世情、思想深刻而完整的猫，我从来没遇到过另一个。我承认我是寂寞的。愉快和无忧不是我活着的主旋律，不像那个叫陈明珠的猫。我的头脑也无法像Tovi般混沌单纯，或像美咪那样飘忽和神经。

　　我胜在清醒，也败在清醒。例如我知道，忽然在面前晃动的羽毛并不是鸟，地上滑过的那条绳子不是虫子，是她们在逗我。对我来说，猫生在世最大的功课，是要学会自我欺骗。用意志力叫自己相信假羽毛是鸟、吸管是竹节虫、打结塑胶袋是老鼠，要用想象力激发自己的食欲，幻想那些颗粒很好吃。若非如此，日子怎么打发？

我承认我是寂寞的。

我想问老天爷，为何把我生为波斯，长毛很辛苦你知道吗？

我与世界的时差

　　我身上的毛又长又多，如烦恼一样多，醒着就得与它共存。我常常问天，为什么我的毛比别的猫都长，智商比别的猫都高，为什么这样难为我？

　　最痛苦的是，我的时间跑得比别人快，人家刚过一日，我已过了七天。这是我观察很久才发现的奇怪现象。

　　她们时常骂我失忆，说刚刚才加了饭，为什么马上又要，又说碗里还有，怎么不吃干净。殊不知她们的一个小时，对我来说已是七个小时。碗里剩下几颗没有保鲜的隔夜饭，实在难以下咽，但除非想饿死，否则还是得吃，这其中的冤屈常让我半夜悲鸣。

还有过很多次，她们一出门便两天不回家（还说只是一个下午），我很无助，只能使用"排便召唤术"，施了三次，她们才回来，我饿到快往生，连骂她们的声音都变得沙哑。

所以我很怕她们出门。恐惧让我注意到很多细节：她们换衣服、梳头发、走来走去收包包，便是出门的预告。说来可悲，我能做的只有堵住大门翻肚皮，放大瞳孔摆出最乖的样子，祈求她们心软留下。可是没有任何一次她们曾经为我留下。还说爱我，多么虚伪。

猫生最大的噩梦，莫过于她们拉出一个有轮子的箱子，表示两人要一起出国。最长一次有一个多月（她们口中的五天）。像无止境的地狱，只有冷饭和馊水可吃（喝），每一两个星期（她们说一两天）会有陌生人来清一次厕所，但仍是叫我吃隔夜饭。"排便召唤术"完全失灵，那种煎熬与绝望，非言语可以描述。

排便召唤术

小时候我无意中学会这法术。自出娘胎，我的肠胃便不好，有时候会绞痛和拉软便，我归纳出两个原因：

1. 粮食不新鲜。我常叫她们加饭，但她们冥顽不灵，没有选择的情况下，只能吃旧的。我不知道为什么其他猫吃了没事，我只知道自己的痛是真的。

2. 厕所作怪。厕所令我肚子痛，所以有时候我会故意远离它排便。某

我真的很怕无止境地等门。

次肚子又痛，我试着避开厕所的干扰减少疼痛，大便一落到地板上，果然就不痛了。神奇的是，上一秒都没人理我，大便一落下，人马上冲过来！在厕所大便绝对没有这效果，要在地上、沙发上、大门前施法才灵验。

最近有一次她们睡太久，我怎么叫也叫不起来，想到她们每天早上都会在餐桌用餐，我灵机一动，在餐桌的正中央施法召唤。果然！很快她们就爬起来围着那条大便叫嚣，十分精神。这法术虽不是次次灵验，但无计可施之时，也是一线希望，我不藏私地跟大家分享，这招成功率约 66.85%。

同居的人

那个自称"娘"的女人，真正陪我的时间很少，但偶尔会花痴似地说很喜欢我，用她没有毛的大脸压在我身上，嘴巴发出啾啾啾的声音，这让我觉得很不舒服，但也渐渐习惯了。她只懂得这样表达爱，虽然粗鲁也算真心。

家里另一个人自称"妈妈",她跟我娘差不多巨大,也是全身只有头顶长了一丛明显的毛。她们两个有着共同语言,这对我相当不利。我很多次几乎成功说服妈妈,我非常饿,她本来要加饭却忽然犹豫……

妈妈:"咦,你没有加饭给团团?"

我娘:"有啊!一回来就加了,才过了10分钟。"

妈妈:"团团说你没有耶。"

我娘:"他骗你的。"

然后妈妈转身低头对我说:"团,你骗不了我们的,我们是会交谈的!"

所以我不喜欢女人交谈。

妈妈有两个死穴:大便和水。从前每次施展"排便召唤术",她都几近崩溃,像狗那样趴下乱嗅,疯子似地擦洗,哭丧着脸很久,十分夸张。直到近一年,她才比较坚强和冷静。我喝水喜欢把表层拨开喝下面的,感觉比较清甜,她会在旁边紧张地叫"直接喝!不要拨!"然后唉声叹气地拿抹布,神经质般地擦拭。她有擦拭强迫症,洗手、洗抹布的频率比我叫饭的次数频繁得多,真不懂她怎么有脸说我偏执。

Emily=妈妈　　江小姐=我娘

她们就只懂得这样表达爱。（无奈）

　　她历来做的错事不胜枚举，但有一件事我予以肯定。今年开始，她决定留在家里工作。自从她在家的时间增多，她会稍微控制室内温度，不再随我们自生自灭。她还每天都擦洗地板，让我躺得比较舒适，开罐头的次数也增多了。我要找人做什么的时候，都有人伺候，感觉安心许多。

　　我娘和妈妈个性上最大的缺点是不知轻重、缺乏自省能力和麻木不仁，这是拥有权力的个体的通病。举个例子：肠胃弱是我一辈子的痛，但我每次痛苦中放响屁，她们都会轻佻地说："哇～团团你放屁屁啊？"还说可惜抓不到机会录音。我真的想问，是我还是你们放屁更大声？以猫安静隐遁

几个猫神仙的对话

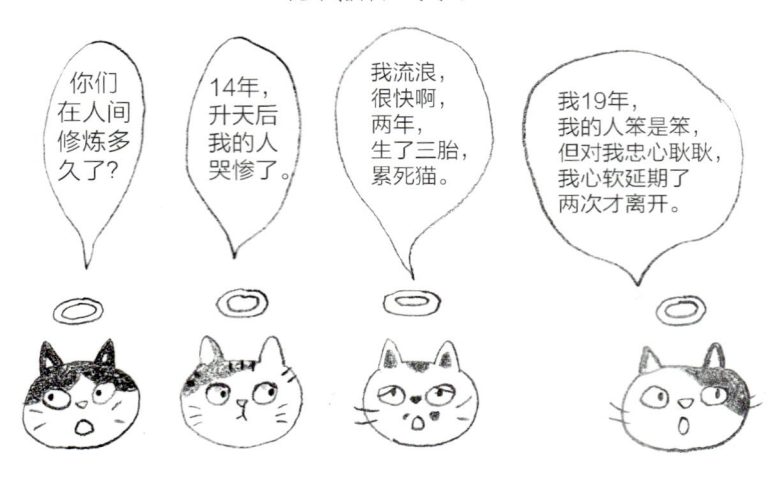

- 你们在人间修炼多久了?
- 14年,升天后我的人哭惨了。
- 我流浪,很快啊,两年,生了三胎,累死猫。
- 我19年,我的人笨是笨,但对我忠心耿耿,我心软延期了两次才离开。

的天性,若不是身体不适,谁愿意放响屁暴露行踪?人啊,是充满盲点的动物。与她们同居,我只能原谅再原谅,包容再包容。猫比人短命,就是因为我们早得道,早升天。

同居的猫

我行了成年割礼没多久,我娘又拐了另一只猫回家,是母猫,屁股闻起来很不一样,她叫美咪。看短毛猫理毛真羡慕,比我省事几百倍,有时候看到美咪的屁股上竟粘着屎渣和砂粒,我便心里有气。我虽然屎比人家软、毛比人家长,极易粘上不洁之物,但清洁却绝不马虎。屎往肚里吞,就是我长毛公猫的风范。

美咪很崇拜我，可我有时候真受不了她的叫声，太刺耳。偏偏她常在家里胡乱尖叫，以为自己在旷野。她偶尔求我替她理毛可以，天冷安静地靠着我睡也可以，但如果太烦太黏人，我会不留情面地咬她教训她，提醒她我可不是吃素的。

我搬过好几次家，有次最夸张，从南搬到北，那个年代没有高铁，得扎扎实实坐四五个小时车。我喜欢在后座看风景，这不是每只猫都能有的经历。本来我挺引以为傲，谁料后来有只笨灰猫来了我家，他说自己坐飞机飞了 1000 公里来台湾，还"服过兵役"等等，害我都不能吹嘘自己环过岛。

笨灰猫叫 Tovi，是妈妈的宠物。他智商低、笨手笨脚，各方面都不能跟我比，却仗着体型大，夺走了我的老大地位。这是个外在高于内涵的世界，我早就看透，心灰意冷。

被崇拜也挺烦的。

Tovi 的世界一片混沌，甚至不太了解自己是猫，活着只是根据本能进食、求抚摸、发呆和睡觉，打雷便惊慌地逃到浴室或沙发底下躲藏。也许他的脑袋装满草，但绝不是猫草，他可没有那种情趣。这样一个乏味的笨家伙，却处处受到妈妈的偏袒呵护。我想也许就是因为他的性格模糊、空洞，方便妈妈自由发挥想象力，满足她对爱的幻想，才造就了他俩这辈子的情。有时候我也希望自己是 Tovi，一辈子当一个被溺爱的智障，不用经历感情上的别扭尴尬，不会为理想跟现实的落差感到惆怅，不用背负思想独立带来的自由与孤寂。

　　家里另一只猫叫陈明珠，其实我不太想谈论她，她被关注得还不够多吗？若说在网上出道，当年我在博客当主角的时候，陈明珠的曾曾祖母都还没出生。可惜我娘拍照技术不思长进，发文也不够勤劳，渐渐埋没了我可能有的星途。算了，其实没成名也不可惜。我是曲高和寡那一类非主流猫，我心知肚明。哪像陈明珠全身上下白得刺眼，瞳孔有两种颜色那么做作，在镜头前搔首弄姿，从头到尾就是想出风头。

　　说起智慧我不觉得陈明珠有，她最大的本事是心机重，还有那一张脸。她最初只住在小房间里，干瘦又有口臭，丑得像饥荒濒死的老鼠。本来妈妈和我娘没打算要她的，说养好病便送走她，但陈明珠拼了小命装可怜，骗得妈妈团团转，哭着说要在小猫病死之前，给她一个名分一个家等等。说的好听，其实等同给了她一个留下来的位置，我娘也心软而同意收留。一旦给了她名和姓，陈明珠便无法无天，终日霸占我娘和妈妈的关注，把自己吃得像头猪，打呵欠会发出咯咯声。无论她做什么都有粉丝说可爱，真没天理。

长得白多么好，在纸袋里也能轻易对焦。谁会拍我这个黑脸的猫呢。

我不是药

我知道妈妈写了一本以陈明珠为名的书，内容我没看，不想看。光看封面就觉得够了，看她胡乱放电那副德性。

世人就是喜欢光明的、甜的、躺着求爱的。我没有励志故事可讲，一脸黑毛，没萌可卖，就不"疗愈"。我没有吃醋啦，也不稀罕疗愈大众，我是猫，又不是药。这辈子要安抚疗愈我那个粗鲁莽撞的娘，已够烦够累了，我常怀疑是我上辈子欠她的。可笑的是我娘和妈妈也时常问，她们上辈子究竟欠了我多少钱，我说彼此彼此。

在外人眼中，我只是家里的配角，长得黑黑脏脏的绿叶，衬托那一朵外表亮白的肥牡丹。谁懂得我黑脸背后的温柔善良？谁会欣赏我麻烦底下的多愁善感与聪慧？就算是朝夕相对的我娘与妈妈，也只知道皮毛。若说今生我教了她们什么，应该就是让她们知道，有些事情她们永远不会懂，只要接受就好。

假打猎

某天，家里闯进一只蟑螂！我们手忙脚乱，希望能活捉它，却让它几番逃脱，只惹来尖叫声四起。最后还是江家长子江勇志（饭团）厉害，用旋风毛手打残了蟑螂，让我们轻易收拾。

惊魂未定，却见饭团兴致高昂地大嚼猫粮，似乎在替自己庆功……

听说母猫有种情况叫"假性怀孕"，明明没怀小猫，却表现出怀孕的各种症状。

饭团这样子，明明没有猎物也去大吃，算是"假性打猎"吗？

赏屎

偶然抬头发现月亮又大又圆，或惊喜看见乍现的彩虹，会巴不得能跟喜欢的人分享。
若只自己看到，虽然开心却也寂寞。
猫屎也是如此。每次看到造型独特的猫屎，我也很渴望能跟江小姐共赏。
我们一起见识过巨大的屎、超长的屎、直立的屎，和甜甜圈形的尿块。
我很庆幸身边有一个可以一起看屎（还有月亮与彩虹）的人。

自然而荒谬

饭团很喜欢新买的污衣篮，终日盘踞在上面。

为了不惊扰他打瞌睡，我们的脏衣服往往只能丢在地上。

这种迁就猫的小事情，做的时候很自然，说出来却有点荒谬。

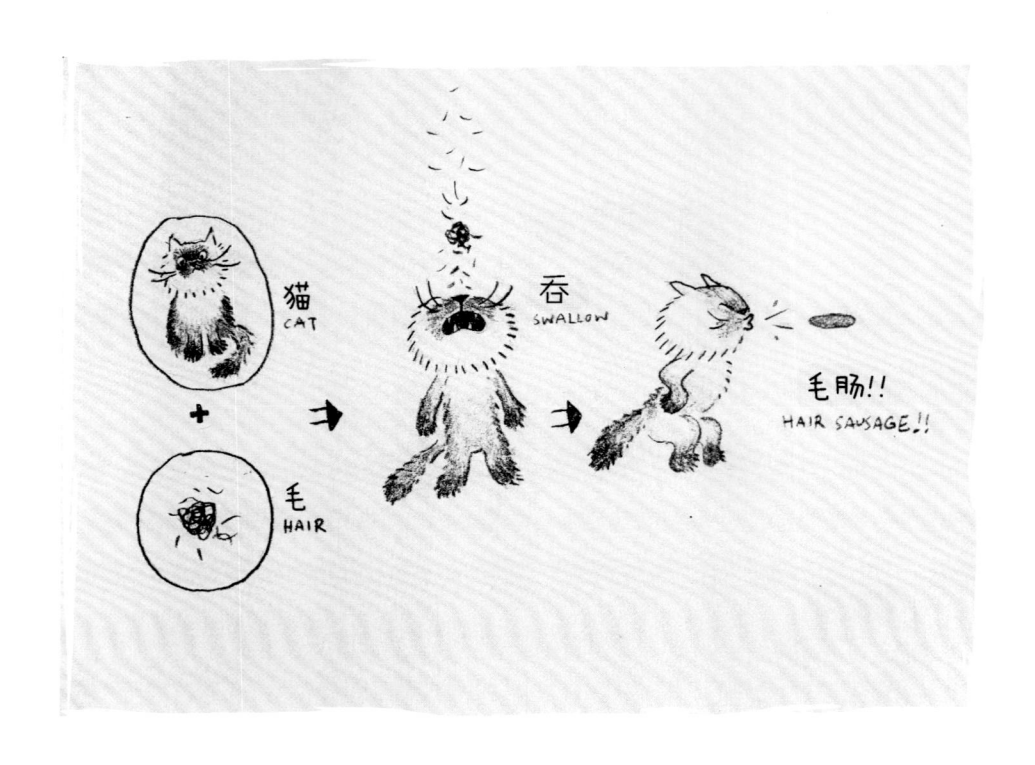

毛香肠制造机

饭团是一台"毛香肠制造机",吞下猫毛后用不了多久,便会喷射出一条又一条毛肠。

摄影瑜伽

拍猫的时候我会扭出各种奇怪的姿势，像是某种拉筋或瑜伽练习。

美咪：
我只想做只猫

If cats could speak

很久以前

最初，我们一起挤在妈妈的怀里喝奶，分享她带回来的肉，白天跟兄弟姐妹相拥入睡，晚上一起外出探险。可是后来大家都不见了，我乱跑被人类发现，拼命哈气退敌也没用，他们随便一只脚都比我的整个身体大。人们抓住我，像钳子一样快把我捏碎，我疯狂尖叫，但妈妈没有出现。从此我的命运逆转，再也没见过家人一面，再也回不去唯一能让我全然安心的世界。

怪公猫与流氓

被俘虏后，我一直受人类摆布，被迫吃加工食品，睡在没有安全感的地方。我很想回家但是没有办法，直到遇上团团才好过一点。团团的体味像我的兄弟，闻着可以安心许多。但他长相奇怪，一身长毛，我从没见过这样子的猫，有点羡慕他可以这么暖和。他很好，会替我理毛，也让我靠着他睡觉取暖，他是我在陌生环境里唯一的安慰。

后来来了一只高大的公猫 Tovi。团团说 Tovi 是低能儿，真的，Tovi

她们叫我美咪，但我认为自己根本不需要名字，我就是我。

对距离、方向……一切的判断力都很差。我有点同情他。

整天跟两只怪公猫待在一起容易沉沦，为了不忘记正常的猫该懂的一切，我只能靠自己。我尽量每天都把从前妈妈教的功夫锻炼一遍：无声走路、藏匿、逃命、彻底埋藏排泄物、仔细舔去身上任何异味、跳高、走单杠、低调进食……活在人类的世界是这样的，你永远不知道下一秒会被强迫做什么、发生什么事，必须时刻警醒，准备随时应付突发状况。也幸好我一直保持在巅峰状态，才应付得了忽然出现的陈明珠。

第一眼看到明珠时，我内心激动，终于有了一只真正的猫！她的脸型和身型像极了我小时候，我已经忘记有多久没接触过来自街头的猫了！幼小的她无知孱弱，但这小丫头斗志很强。我带她跑、跳、爬、钻洞，跟她追逐的时候回忆起儿时种种，那阵子觉得自己年轻许多！本来满心欢喜，以为从此多了个姐妹互相依靠，谁料她本领学得快，个性却极坏。

团团说明珠来自台北街头，台北是浮华之地，不像我们台南猫朴实内敛。明珠看到食物便狂吃，身体转瞬像充了气一般涨大，反过来欺压我。她有着流氓般的个性，自私霸道，蛮横嚣张，一只有多动症又品行不端的小猫，有时候让我很累很烦。可是有她的生活，却比从前只有团团和 Tovi 有意思得多，我喜欢身边有同类。

做猫心得

我已步入成熟阶段，比起团团和 Tovi 的早衰与退化，我保养得十分得体。即使跟年轻的明珠比体能，我仍然胜她一筹。我的体态是家里最轻盈的，只是脂肪率偏低，脸显瘦，大眼睛让我醒来容易有眼袋。但比起精干

有团团帮我洗头是小确幸。

遇到 Tovi 才知道猫也有低能儿,我有点同情他。

体型的重要性，区区一对眼袋不算什么。我一直相信，猫要保有尊严，身体状况至为重要。

　　我的养生之道是永远只吃七分饱，而且不饿不吃，切忌把胃撑大，减少受饥饿支配。很多猫一看到人类倒粮食便立即冲过去抢，这是大忌。不管饿不饿都吃，等于没有听自己的身体说话。猫要保持精神与肉体独立，就要尽量不依赖、不贪求。要记得猫永远有说不的权利，食物可以不吃，叫可以不理，逗可以不玩，宠可以不驯。

　　日常生活方面，走路要靠墙壁，这样至少有一边安全不会受袭；等候无人注意时才进食与排泄，中途若有风吹草动，会尽速逃离；常保持微饿，头脑会特别清醒；身形窈窕才能穿过狭小空间，跳高落地时才不会因为过重而伤到膝盖；若对食物有任何怀疑就不要吃，挨饿总比吃错东西好，生病的后果十分十分可怕，会被抓去接受一连串的处分。

陈明珠外表洁白可爱，其实是个没家教的无赖流氓。

走路当然要贴墙壁。

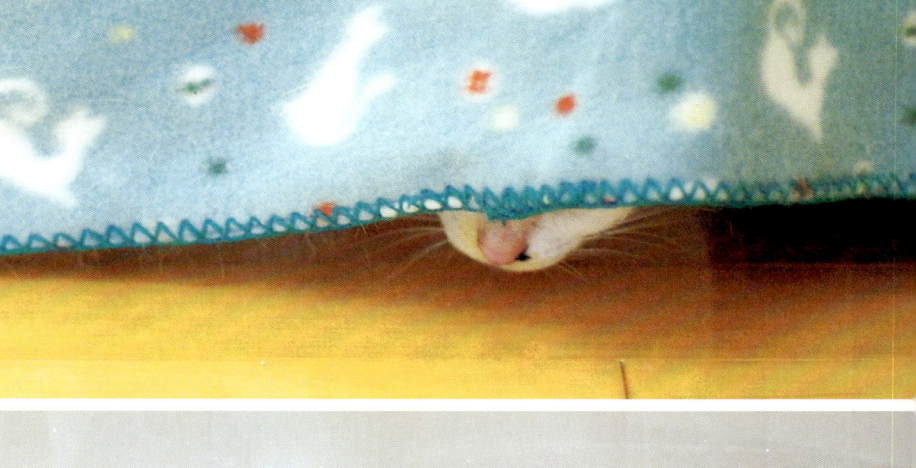

做猫要充分掌握所有能够躲藏的地方。

两个人

人本来是我最希望远离的物种，命运却安排我跟人同居了大半辈子。人类的气味刺鼻难闻，声音吓人，会随时抓我做各种恐怖的事情。两个人当中，高的那个比较可怕，所有虐待都由她主导。另一个人通常扮演帮凶，她的特征是肉比较软，话比较多，经常拿相机跟踪我们。

她们曾多次捉我受水刑，把毒灌进我的耳朵、眼睛和嘴巴，把我关进笼里带去让人扎针、吸血、摆弄我的身体、迷晕我，甚至……我怀疑他们摘走过我体内的器官。我不确定被夺取了什么，醒来只发觉肚子秃了一片，有个像蜈蚣的伤口爬在皮肉上，我感觉很虚弱，四肢无力，十分彷徨。我对人类毫无期望，只希望他们不要管我，但这也像奢求。

以现实的情况来看，我这辈子大概再也离不开人类的房子。就算走，谁知道外面的人会不会更凶残？看见这两个人对待团团和 Tovi 这两只早衰的公猫，粗鲁愚笨之中仍不失仁慈，我虽万分不愿，但老了可能仍要接受她们的安排和照顾。

对于未来的策略，我打算一如既往，坚持当一只真正的猫，独立自强，自尊自重。希望通过坚持自我，在这个猫不像猫的时代，能让这两个人更懂得猫性，学会真正的尊重。当有一天我再无能力照顾自己，但愿有一丁点的可能，那时她们已进化到值得我把自己安心托付的地步。

希望有一天,
我能放心把自己交给这两个人。

要过不好不坏的生活

　　两个永远对现实不敢太乐观的人一起养猫,结果是捡了一只小猫,担心她会死担心了两三年,后来看她粗壮得像小猪,才慢慢放心。两个永远先现实之忧而忧的人一起养猫,结果是猫还没老,便说他们老,说了几年猫果真老了,便想着他们正在每天步向衰败和死亡。

　　当猫还在跑跳吃喝,体检年年过关时,我们便已经急匆匆买了一个大笼子,布置妥当,放着。因为想让猫对笼子感到熟悉和安全,这样如果有一天有猫真的老了病了,要住进去静养和接受医疗看护,他们才不会感到太陌生和恐慌。有时候我会怀疑,我们这两个想太多的人养猫,对猫来说究竟是幸福还是不幸呢?

　　家里放着一个大铁笼,其实有点碍眼,但又如实反映出我们心里永远放

着最坏的打算。

　　新疆作家李娟有一篇文章,讲述他们游牧的日子主要吃一种叫"馕"的粗糙大饼。天天吃,餐餐吃,而且永远也吃不到新鲜的。为了要有稳定的存粮,每次在现有的馕吃完之前便得先烤一批新的,于是等到旧的吃完,新的也变旧了。李娟说她闻着现烤的馕最辉煌的香气,却永远只能吃到黯淡的旧馕,语气之失落令读者怜惜。但她也解释说必须要抗拒任性享受的诱惑,好的不能贪,坏的才不至于太坏。渺小的人们在严峻的荒野谋生,目标只是"要过不好不坏的生活"。*

　　我想自己也差不多是这个意思。克扣今天的快乐,贴补未来的忧患。把最好的现实,与最坏的打算混合稀释。面对无常人生,但求能过不好不坏的日子。

　　*注:该文章收录于李娟的《羊道:游牧春记事》(时报出版)。

衣服太多了

整理猫衣橱，勾起很多温暖的回忆和故事。

写博客的年代，跟猫友玩串联用的毛巾浴袍和哈雷骑士帽。

巧手猫友缝制的披肩、帽子、领结。

明珠干妈做的令人惊艳的歌德洛丽塔装。

我和江小姐亲手做的围兜、生日帽。

明珠幼年时气喘，我们用碎花套袖剪了两个洞给她当小裙子保暖。

用男式发热绒裤改装，给怕冷的美咪做川久保玲风格的高领黑衣。

明珠刚来我们家不久时，我飞去香港买她当年要吃的进补罐头，对她满怀怜惜，心想圣诞节快到了，便在香港买了两条圣诞裙子，想让她和美咪在圣诞派对上穿姐妹装。

为明珠举办的"收涎派对"，我用妈妈的钱买衣服给小明珠，因为习俗说要穿外婆买的新衣。

两件同色的"铁"字领巾是饭团和Tovi还没成为兄弟前，江小姐买给他们定缘分的。

一套三件的横条Polo衫，是我当初来台湾时带给Tovi、饭团和美咪的，期望他们能相亲相爱。

美咪4岁生日，是我刚到台湾的第一年，我们邀请了很多猫友来参加美咪的"粉红派对"，其中一个猫友捎来了华丽的礼盒，

里面是一袭白色缎面缀满粉红花朵的礼服。我跟江小姐打开盒子的刹那间，一起惊呼欢笑，为猫友的心意感动并心存感谢。直到现在，虽然那位猫友已经不在世上，但这份情意却还在心中。

　　其中几件最寒酸、满是毛球的衣服，曾经保护美咪和饭团度过寒冬，破旧也舍不得丢，因为旧衣最舒适嘛。其余大部分衣饰，坦白说都是浪费钱，买了回家才发觉不合身，或只是造型好玩而已，拍完照片便没有了实用价值。

　　一橱尽是奢侈的、过剩的、自我陶醉的心意。猫应该一点也不在乎吧，我心知肚明。以理智自我否定它们的意义，但又用感情肯定它们的价值。

　　我们曾经这么傻又这么真心，对猫的怜惜、娇宠、担忧、体贴，用自作多情的方式，透过每一件小衣服传达。像世间的痴情，多余又珍贵。

幸运的猫胡子

我有一个小小的信念,觉得人只应该过自己照顾得了的生活。例如旅行的行李,重量一定要以自己拎得起、搬得动为上限,即使很多时候可以推,或有人帮忙,但重量还是不应该超过自己提得动的极限。

我曾幻想,如果中了彩票,可以盖一间好几层的大房子,请佣人帮忙打理和清洁,我不用动手,只专心做好玩的事情就好。可是我很快又否决了这幻想,空间足够就好,不用住太大。人不应该住在大到自己没有能力打理的屋子里。

养动物也是,就算完全没有经济压力和时间压力,也必须让自己能够亲自照顾妥当才好。所以从我个人来说,能收养的动物数量十分有限,像现在四只已经有点多。

曾经被可以电动铲屎的猫厕所和钟点清洁服务诱惑过,但最后还是顽固地认为,做人还是亲力亲为最好。因为清洁、整理和照顾,不单单是一种劳动,更是在经营一份关系,是我跟这个生活空间的关系,是我跟动物之间的亲密关系。

亲自打扫可以观察到很多东西。猫的大便和尿块、饮用水与猫粮消耗的速度,可以反映他们的健康状况。从家里各处猫毛的累积程度,可以看出哪一只猫近日喜欢窝在哪里,以及最近掉毛的趋势(养猫人更可从地上猫毛的多寡预知气候变化)。看到地上干掉的口水、黏膜痕迹,可以知道最近谁打过喷嚏或有异常分泌,干涸的黏液如果有淡淡的红色,可能有细菌感染。手工清洁还可以捡到很多东西,例如失踪的小物件、他们磨爪脱落的指甲壳、牙齿(小明珠的可怜童年),还有猫胡子。

分辨是谁的胡子要靠平日积累经验。Tovi 的长而粗,从前是黑色,近年渐变灰白；饭团的黑而细，尾端圆钝，因为替他剪毛常会误剪到；美咪与明珠的很难分辨，美咪的稍长，但主要靠捡到的位置去判断。Tovi 的胡子我收集到最多，已捡到上百根。若捡到饭团、美咪和明珠的，会分赠一些给江小姐，她都珍而重之地收在钱包里。

因为有人说，猫胡子会带来好运，所以每次捡到都有一点中奖的喜悦。有时候打扫一遍能捡到两三根，好像是猫打赏给我的酬劳。

如果猫胡子真如传说中所说是幸运的象征，我很欣慰地发现，原来只要持久努力与细心，便能捡获幸运。

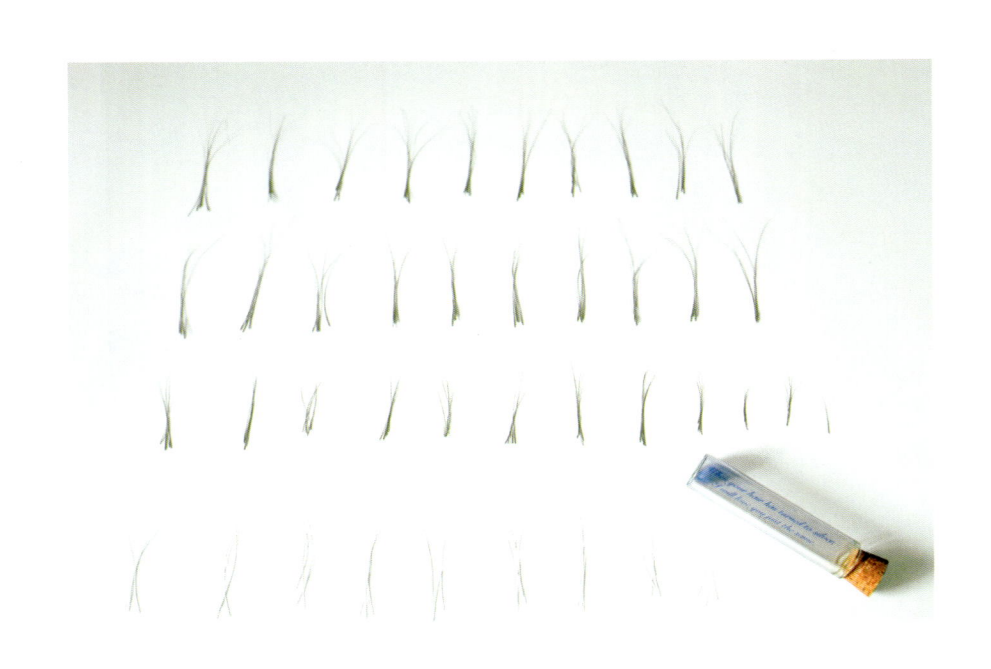

相机颂

买第一台相机，是因为养了 Tovi。有了猫才强烈感觉到，生活中这一份美好不得不记录下来。

我拍猫跟拍摄其他东西的比例，大概是 99∶1，而且都只拍自己的猫，至今超过了十年，也不知道为什么不会腻。猫在我眼中永远是有趣的动物，相看两不厌。

我喜欢拍家里的猫，因为照片凝住的瞬间，总是多一份速写的味道，有时候诗意，有时候温柔，常常恬静，像是带着永恒感觉的静物画。

我常借着拍下的照片，来进一步了解我眼前的世界。例如猫各个部位的细微精致之处，和日光下一些肉眼看不到的光芒与绚丽。透过镜头，横看侧看，高低远近地看，反复发现生活里的温暖与幸福。

相机对我来说远不只是一台小工具和电子产品，我视它们为朋友，甚至每一台都取了名字。它们拥有自己的个性，拍出来的照片也各有味道。

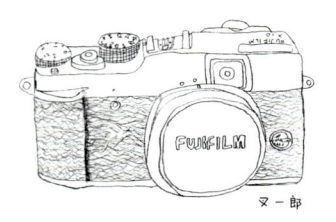

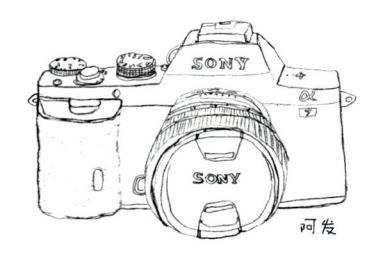

阿开的近焦比谁都温柔深情；叉一郎擅长记录整体环境，对比强烈，黑暗中仍然目光锐利；阿发灵活鲜明，技艺超群，是可以放心依赖的强大伙伴。

　　我想谢谢相机，它们都对我那么好，时常告诉我，我们的生活过得相当温馨漂亮，我们的每只猫儿都国色天香。我要谢谢相机，它们是我的好朋友，因为它参与过我们生活里的点点滴滴，见证了我们的黄金岁月和美好时光。

Tovi:
我是"猫医生"

If cats could speak

我是一种动物

很久很久之前，我是一只猫，跟其他小猫一起被关在一个玻璃房里，路人常常隔着玻璃看我们。某天，我被抓出来，塞进一个女人的怀里，她带我离开了那个地方，我从此再也没有回去。我有了一个名字叫 Tovi。带我走的人自称"妈妈"，应该是女佣的意思。

此后，我便跟妈妈一起住，很快从小猫长成另外一种动物。我的身体比人类小，比猫大，是介乎人与猫之间的动物。全身深灰色绒毛，有两只手和两只脚，尾巴则有时候有，有时候没有。

漂洋过海陪着你

我跟不同的人类相处过，但跟妈妈最长久也最熟。跟她过了两三年清静日子，以为会永远这样下去，谁料有一天她让我进笼子里，我以为又是去看医生，一会儿便回家，结果她却一路送我去了机场。从此我告别了我的出生地、熟悉的家和床，这些全都一去不复返了。

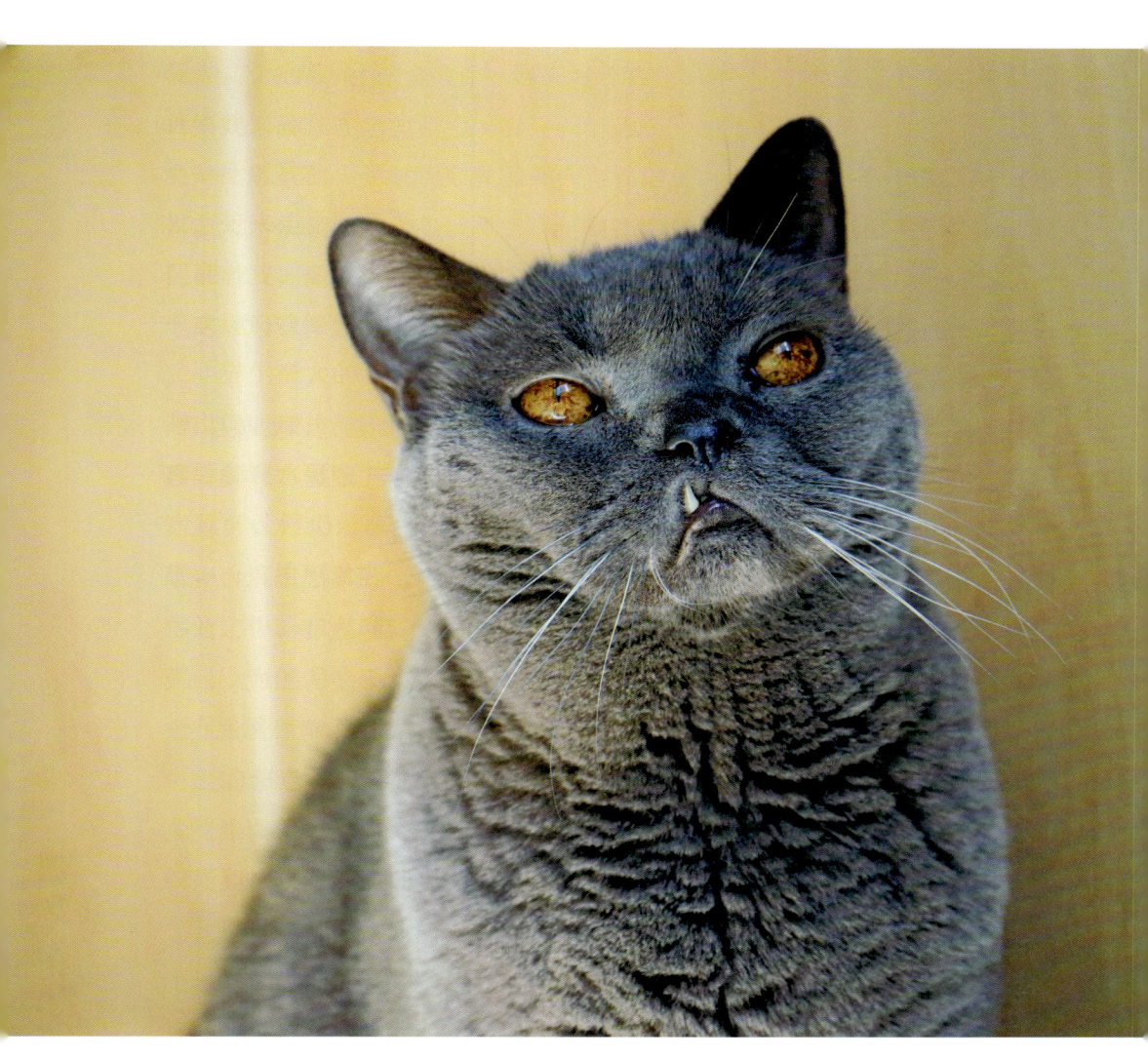

我叫 Tovi、陈炳权，熟男，高、黝黑，喜欢看海沉思，无不良嗜好。

来到这个叫作台湾的地方，降落后我被送去"服兵役"，"服役"期间接受身体检查、严格的监管和独立个性的锻炼，期间妈妈偶尔来探望。顺利结束后，她说我们可以回家了，却带我来到一个完全陌生的地方。

除了妈妈，那里还住了另一个人和两只猫。生活的地方有猫，我便再也没有了完整的私人空间，再也没有机会跟妈妈亲密独处。而且这个新住处，还有地震和鞭炮，夏天很热的时候没有空调，冬天很冷又多雨。这次转变是我人生里最难熬的一次。我有千百个理由可以抱怨、翻脸，但是我没有。因为我感受到妈妈对我的歉疚，看到她也在努力适应新环境，便不忍心责怪她。

还好我适应能力强，一旦找到睡觉舒服的地方，就能随遇而安做自己。生活只要能够睡得好，其余一切问题都可以慢慢适应。比起居住环境，我觉得更难接受的，是她们没问过我便养猫。

没错，我曾经也是猫，但那已经是很久以前的事。我早已进化，脱离了猫的身份，甚至忘记怎么说猫语。我的人生只想安安静静地窝着、放松和睡觉，吃些好东西，一边喝水一边想事情，一个人上干净的厕所，以及跟妈妈赖在一起。我不喜欢猫的气味，不喜欢他们乱叫乱跳乱跑。你说我没有爱心也好，冷血也好，我就是不喜欢动物。所以妈妈养猫我是万分无奈。

分享空间的猫和人

首先接触的一只公猫叫饭团。他灰色的毛褪色得厉害，一年里面忽长忽短，大部分时候邋邋遢遢。他最爱发牢骚和抱怨，虽然我不清楚内容，但也感到了强大的负能量。我不喜欢跟猫接近，他大多数时候也识趣，不来打扰，可是他很会烦妈妈。从前我们在香港过着安静的日子，妈妈对我总是很有礼貌，但饭团会逼得她大呼小叫。

另一只猫叫美咪，身上很多斑，脸尖个子小，个性也不大方。她是最典型的猫，走路没有声音，忽然像鬼一样出现在人家身后，时常跳来跳去叫人烦躁，每天总有几次发神经般地循环尖叫。我受不了，叫她闭嘴，她便发疯似的边叫边扇我巴掌。她有时候躲起来，有时候却悄悄靠近，让我起鸡皮疙瘩。听说有些人对猫过敏，我想我就是这种人。

当年跟这两只猫一起出现的，是个长得高高的人。妈妈介绍时说，这个人也是妈妈，所以是另一个女佣的意思。我对人一向有好感，所以也很快接受了她。她的优点是腿长，让我躺起来更能舒展筋骨，如果要说缺点，我最不喜欢她剪我的指甲。

说我冷漠也好，
我就是不喜欢猫。

居心叵测的陈明珠

　　我跟两个妈妈和两只猫，住在那个有白色地砖的房子里好几年，然后一起搬到另一个有木头地板的房子。新家的窗户比较多，偶尔看着窗外想事情很惬意，也有更多私人的角落让我一个人安静，我挺满意妈妈这次的安排。可惜安宁的日子没过多久又起波澜。她们捡了一个东西回来，那家伙长得像猫，但其实不是。我不知道她是什么，妈妈们叫她陈明珠。

　　我年纪越大，眼睛越怕光，陈明珠白得刺眼，我连看她也尽量避免。她不是善良的生物，看她怎样欺负猫就知道。我虽然不喜欢猫，但也从来不会对饭团和美咪怎样，正所谓"不爱它，也不要伤害它"，这是强者对弱者的道义和风范。陈明珠却毫无道德观念。她一不高兴便随意驱逐饭团和美咪。我比猫高大强壮，她没办法像欺凌猫那样打倒我，但几年来仍锲而不舍地不断挑战，真是自不量力，烦不胜烦。

　　陈明珠经常刻意争取两个妈妈的注意，我不知道她的终极目的是什么，但她想统占整个家的野心很明显。我对权力淡泊，但求一隅平静度日，无意跟她争斗什么。唯独床的主权，她也要独占，实在太自私。

叫我 Dr. Tovi

　　床本来是我跟妈妈亲密相处的地方，十几年来都如此。妈妈是我在世上感情最深的人，她为我服务这些年，没有功劳也有苦劳，我希望她过得好。我说过，一个人过得好不好，睡眠是关键，所以我会尽量陪妈妈入

我骂她：陈明珠你太自私！

睡。几乎每个晚上，我情愿委屈自己，也要挤在小小的枕头上，贴着她的头给她进行治疗。陈明珠近年却时常拦阻我上床，她想独占大床和妈妈。"我上床，并不是为了自己舒服，是为了妈妈好，陈明珠你却为了一己私欲……"这样训斥她几次，她偶尔会收敛，但仍然经常跟我在床边角力。还好妈妈见状总会拨开陈明珠，护着我上床。我相信妈妈心底也明白，她极需要我的医治。

我的体内有一组具有疗效的震动器，只要发动便能令通体舒畅。我除了自己享用，也定期替妈妈治疗。脑袋是重点部位，其次是膝关节，偶尔有需要也会压着她的胸口，给她心肺治疗。睡眠时进行治疗效果最佳。醒着的时候，要是她安定坐着，我也会看情况坐到她腿上。只要轻触我的身体示意，我便启动震动器，治疗她抚摸我的手、她的大腿，还有身体里的所有脏器，有病治病，没病强身。妈妈不算很懂得爱惜身体，让她健康平安，是我回馈她的一份心意。

妈妈不是一个体贴聪明的人，常在不适当的时候鲁莽地亲我抱我，梳毛时还会触碰到我不喜欢被碰的大腿和肚子，无论提醒多少次，她还是会再犯。可是就算她有百般不是，我总记住她一个优点：忠心。她是真的在乎我、会为我流泪的人。所以我也一直守护她，在她脆弱的时候给她依靠，不安的时候给她安慰。

枕头就是我的诊疗室。

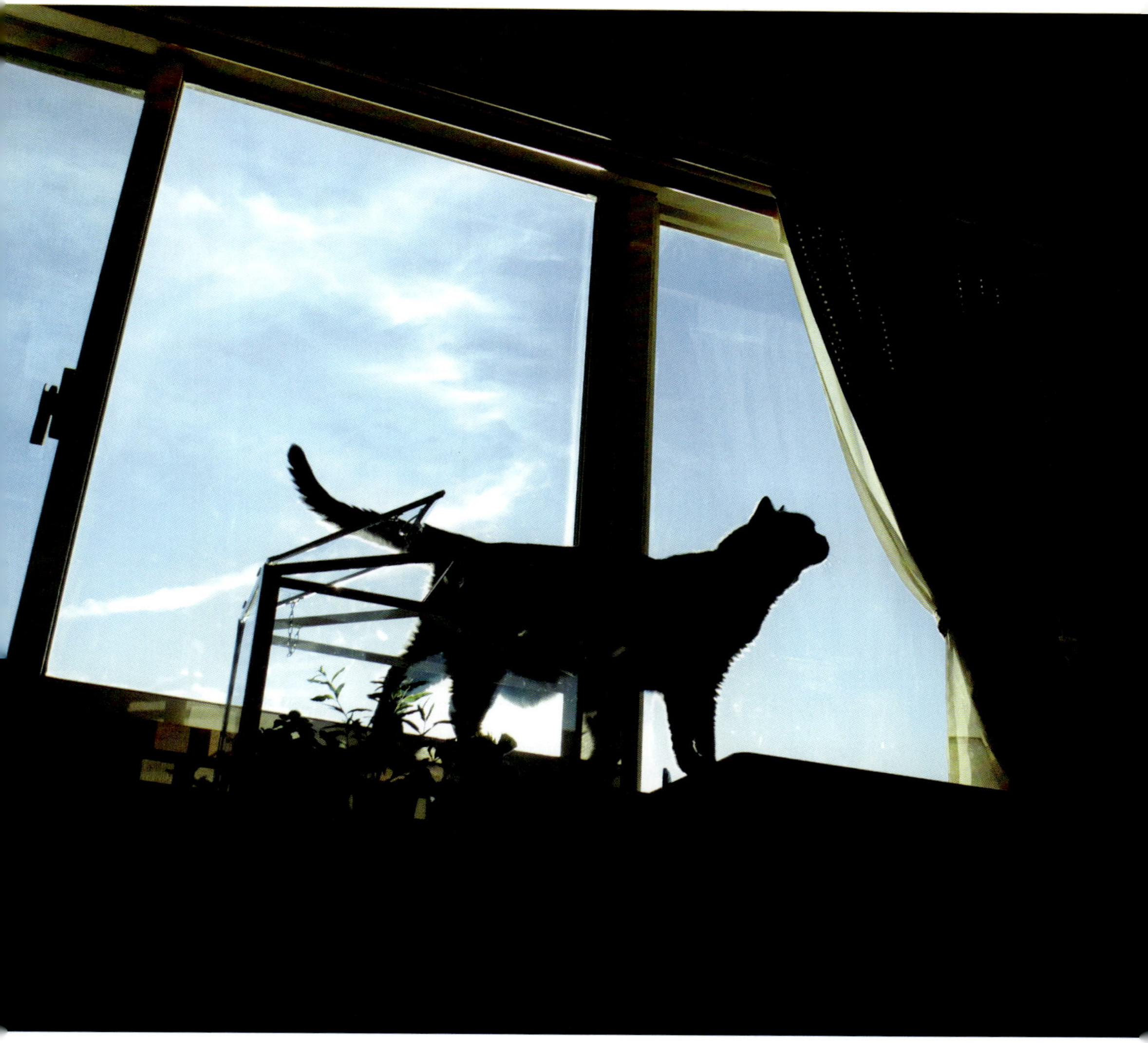

大智若愚

你不说话,别人很容易把你当傻子,以为你什么都不懂。殊不知世上有一种情操叫内敛,有一种风格叫低调,有一种自信叫安静。

我懂的事情不算多,但有关生存的我全都会。我会分辨什么食物好吃,哪里睡觉最舒服。我能闻、能看,随时都在聆听,需要的时候会叫、会逃。我会思考又认路,所以天天都知道去哪里找食物和上厕所,从来不曾迷路。我知道谁对我好。这不就足够了?

活着没什么过不去的困难,因为我早知道应付问题的诀窍,就是等待时间过去。比如说,睡觉的地方脏了,粘了太多毛或有呕吐物,只要等一段时间再回去看,就会变干净;食碗空了,过一阵子就会有;厕所满了,过一会儿就会被清理。每次都是这样。人如果不见了,再等一下就会回来。白天很热,晚上就会比较凉;外面很吵,过一会儿就会安静。如果等一下没有恢复理想的状态,就再多等一下。身体有不舒服的地方,觉得痛或怪怪的,调一下姿势,闭上眼睛等一等,睡着就会好。宇宙间所有事情,都可以这样解决,真的,不信你试试看。

不喜欢的等它过去,喜欢的则在当下享受。有些东西我特别喜欢,例如肉肉、鱼鱼、饼饼(我发觉人类的词汇里有很多重复的音),还有牛奶。家里有几个地方睡觉很舒服,我可以一直睡到肚子饿或膀胱满。茶几下面有一把银色的梳子,用来梳背和下巴很舒服。我喜欢人类,熟悉和不熟悉的都喜欢,人给我安心的感觉。如果不是太吵,我喜欢听她们讲话和唱歌的声音。我喜欢看她们做各种事情,吃饭、工作、睡觉、大便、洗澡,她们的任何样子我都见过。有时候我觉得我接受她们的样子,更胜于她们接受自己。

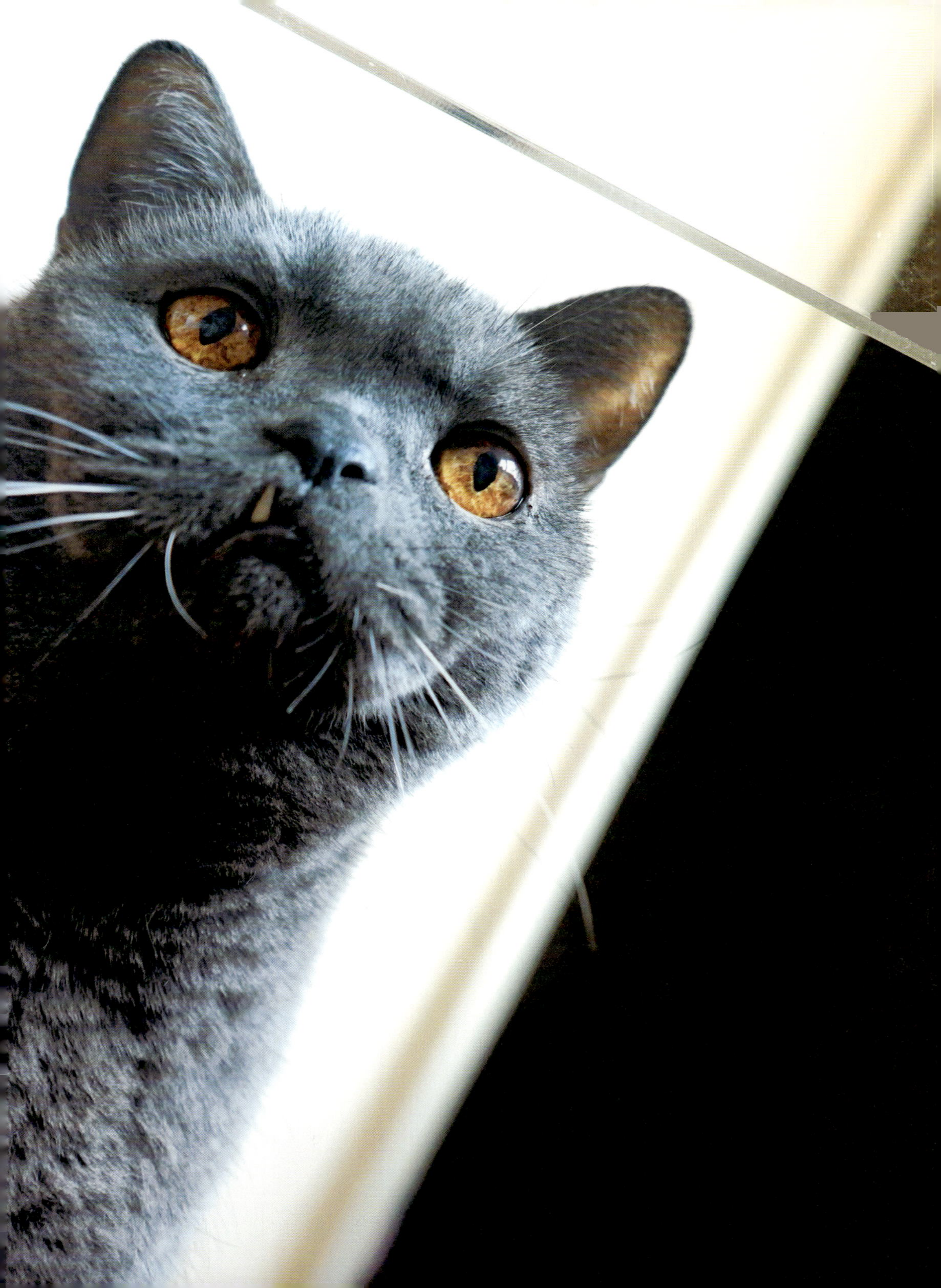

我的前半生

偶尔没事做又不想睡，我会站在窗前，隔着玻璃，看看外面的世界。听说这里叫淡水，外面主要是天空、山和水，低头有马路，车和行人小得像昆虫。我最初住在香港铜锣湾的玻璃房里，外面尽是喧闹拥挤的人群，景象截然不同。当时那些同室的小猫，不知后来踏上了怎样的生命道路，有没有遇到他们的妈妈？

回首来时路，我经历过病痛折磨，经受过手术的痛楚，但只是人生最初阶段的起伏。移居台湾后，日子大都安逸，经常吃饱睡足，感觉充实，没什么欠缺。近年来，我知道自己的身体机能正在退化，腰腿已经不像从前那么有力，关节常会酸软疼痛，听觉与视力也没有年轻时敏锐。这一切似乎在告诉我，以后需要休息的时间，应该会越来越长，直到某天完全休息。

妈妈每次出门旅游，家里只剩我和猫，醒着的时候，我偶尔会想念她，但睡着了就不会。所以我想，到有一天我长眠，不再醒来，应该了无牵挂。可是我了解的妈妈，应该会很不习惯，很想念我吧。只能盼望这些年来，我给她打下的基础，能够让她好好记住，自己是个被接纳、被照顾和被爱的人。就算她有千般不是，在别人眼中微不足道，也能记得有我重视她，有我从不嫌弃她，看过她各种样貌仍然喜欢她。如果她能永远记得这些，就不枉我陪她漂洋过海，陪她落泪陪她笑，给她贴身治疗几千个日子了。

她的优点是忠心。

奶超好喝!

"猫医生"后记——"患者"感言

十多年前，当我向哥哥报告说我有了 Tovi，心里兴奋又羞涩，好像告诉他我未婚生子一样。为了让养猫的决定合理化，记得我跟哥哥说，期待 Tovi 将来可以当"猫医生"，去探望生病的人、可怜的小孩和寂寞的老人，给他们以心灵疗愈。

当时为了增加养猫的正当性，我冲口而出说了这句话，过后便再也没有提起过。因为我很快发觉，猫根本不会按照人的期望而活。光是学习跟 Tovi 相处、赢取他的信任，已花费我很多时日。他愿意靠近我坐、跟我同睡一床，我便开心得像被临幸。早期他接连经历病痛和手术，我哭得一把眼泪一把鼻涕，后来他能够正常活着已谢天谢地。我还妄想要他担任公职"猫医生"，现在回想简直口出狂言、不识好歹。

所以 Tovi 就是一只再平凡不过的普通猫，一辈子被豢养在小小的家，陪我这个没什么出息的平庸人。可是光阴荏苒，才惊觉当年信口雌黄，竟也成真。只是原来生病的人、可怜的小孩、寂寞的老人，统统都是我，Tovi 是我的私人专属"猫医生"。

暗地里我常常怀疑自己的价值，对未来毫无信心，每当动摇到快要掉下悬崖，就只能蒙上头闭着眼，压抑恐惧，拼命相信，相信上帝爱我。当我觉得上帝太遥远，难以触摸亲近，就紧贴这只猫，以我对他的爱，去想象上帝对我的爱；以我对他的怜惜，去推算上帝对我的仁慈和怜悯。每次这么想，便仿佛找到实据，重新相信自己是宝贵的，就像 Tovi 之于我。

Preach without words. Heal without medicine. Tovi 是不需言语的好牧师，不需用药的好医生。

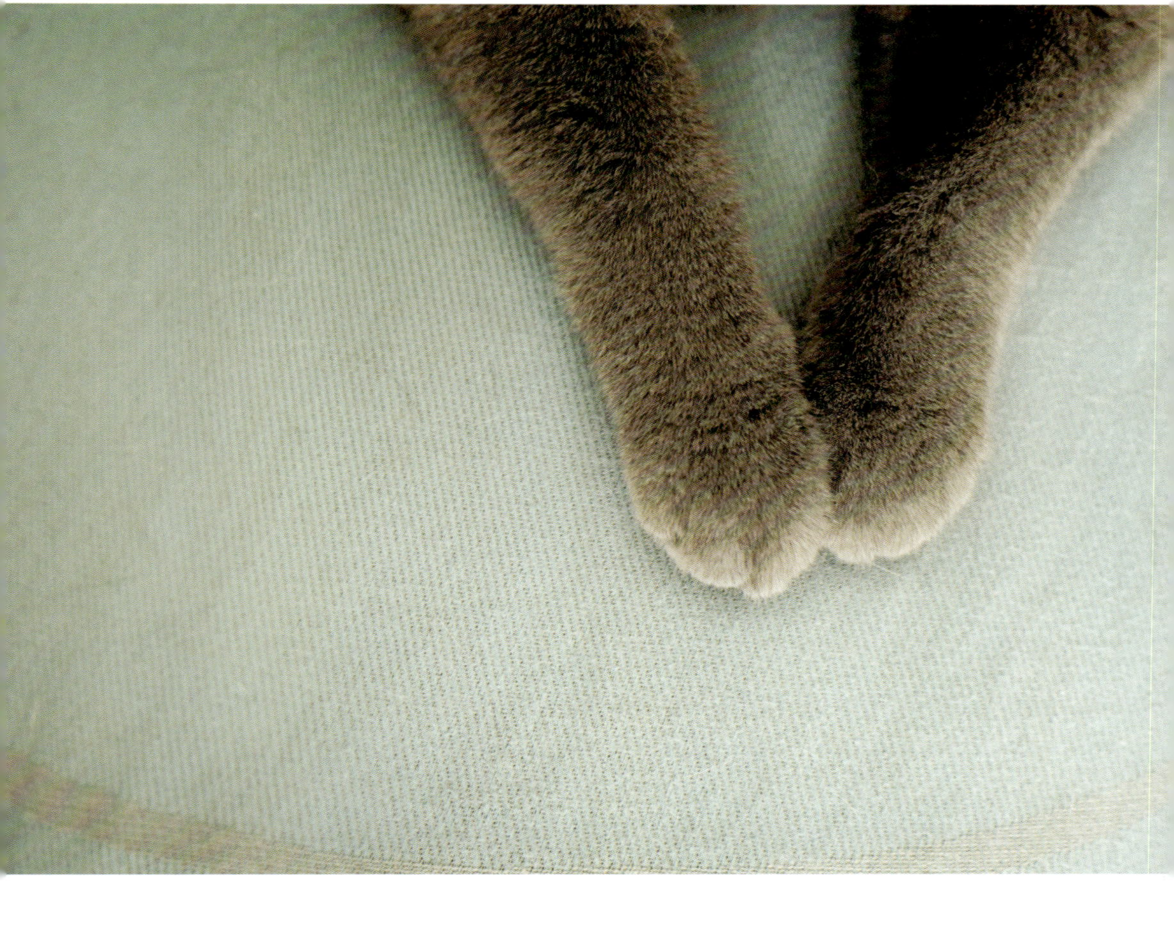

占　领

　　喝完早上泡的咖啡，起身把杯子拿到厨房，背对电脑才一分钟，回头发现两只猫已占领桌椅。一个踩着绘图板，一个霸占椅垫，让我坐也不能画也不能。我手叉腰与他们对望，两个家伙毫无愧色。

　　我是个死脑筋的人，正在做的事情要是被打断，会马上烦躁和不悦，不管打扰我的人是谁，或有什么原因，都会得到我不耐烦的脸色。唯独猫能让我的脾气收敛一些。从前如果在阴暗角落发现一滩滩干掉的呕吐物，我会生气，后来转念一想，我居然过了这么久才发现，代表我没有把家里打理好，是我不对。从前如果发现有猫手贱，打翻了整碗水，我会暴怒，后来我问自己：为什么这么生气？换一碗新的水，拿抹布擦擦地板便是，这碗几天没清洗，趁机冲干净，给猫喝最新鲜的水，不是很好吗？于是发脾气的次数锐减，心情也变好。

　　以往电脑这样被猫挡住，我会二话不说地把猫搬走，继续工作，现在我会想，不如去看看窗外让眼睛休息；以往椅子被猫占去，我会把猫挤开抢回来坐，现在我会干脆站起来踱步，想一些别的事情。为了疼猫，我逐渐学会，被他们妨碍时不以责备和厌烦为第一反应。平静的心情让我有余裕退一步想，他们这么做是为了什么？

　　走近占领绘图板的 Tovi，他的大头马上靠过来求抚摸，我便专心摸他，几分钟后他满足了，自动离开桌面，另外找地方去睡。占领座位的明珠呢？我猜她是想黏人撒娇，所以我抱她放在大腿上一起坐下，果然她便安顿下来，在我怀里打瞌睡。原来他们想要的不多，而且很合理。原来只要有心，满足他们并不困难。我想，如果我在乎他们，为什么不能先放下责备、对立和防卫的心态，为什么不能先去聆听和关心他们的需要呢？

（照片摄于 2013 年 3 月，看着"台湾学生占领立法院"的新闻，我的心里这么想。）

沉重的行李

　　长居于同一个地方，久了真的很渴望看看新的风景，吸收新事物，观察异国文化与陌生人。希望能从日常生活中出走，但是又不敢走太远、离太久，我是个没出息的旅人。

　　度假是为了放松休息，但旅程前后杂事烦琐，总是未出发先紧张。游玩兴致高昂，容易透支体力，假期结束往往更疲倦，更需要休息。难得享受酒店没有猫毛的床单被褥，东西乱了不用整理，空调暖气爱怎么开怎么开。枕头和床不用被猫瓜分，睡姿不用扭曲迁就，半夜没有猫狂冲吵闹，早上不用急着起床加饭。轻松得有点不习惯，自由的感觉竟带着失落。每次从外面回酒店，打开房门的刹那，发现房内没有猫，不用急着关门，便若有所失。每次搁下水杯、食物或眼镜，发现可以乱放，不怕有猫来捣乱，也暗自怅惘。

　　从早到晚只须张罗自己的吃喝玩乐，无须照料猫的生活所需，没有谁在期待或要求我的关注。本该逍遥自在，却又牵肠挂肚。

　　每次旅行都怀着这种种矛盾的心情，开心又忧心，愉快又歉疚，轻松又有点惆怅。离猫出走，沿途风光再美，内心也频频后顾。我总是走不远，通常三天便开始想家，四天便觉得玩够，五天便感觉太久。

　　本来是我把猫囚养在家，结果连同自己的心也拴住。我们彼此驯养了对方，谁也不再自由。来回飞机上若遇上气流颠簸，不免恐慌一番，担心若有三长两短，猫便等不到我。不舍似乎比亡命更叫人悲痛。因此，每次安全着陆总是感恩。

　　拖着行李与疲倦的身躯回家，累得沉默不语，木无表情。直至开门的一刻，才忽然重振精神，谄媚地笑着呼唤每个名字，以热切的目光搜索，近乎贪婪地注视，从头到尾每一寸，确认他们安然无恙，松一口气才恶心地问：

有没有想我？好乖，好乖，我也很想你哦。

　　进家门，沉重的行李放下，看到猫，心头大石才放下。

　　旅行最轻松的一刻是回家。

母爱的阴暗面

　　一年 365 天，明珠每天都会找 Tovi 打一场架，每次都惹得 Tovi 呱呱叫，非得狠狠把她压到地上不能还手，她才作罢，讪讪地走开。可是第二天她又好像忘记自己输过，又去挑战 Tovi 的老大地位。

　　我嘴巴里总是骂他们："不要打架！"心里却觉得猫咪打来闹去的模样真像真可爱，能天天这样无大事，便是平凡的幸福。但另一方面却暗暗忧虑，怕终有一天会亲眼目睹明珠打赢，怕终于哪天 Tovi 被衰老打败，再也保不住老大的地位，保不住强壮，保不住尊严。我万万不愿看到岁月借着我最疼的一个击倒我最爱的一个。

　　所以，对不起啊明珠，妈妈希望你永远、永远打输。

图解与猫共枕

　　Tovi 是我的枕头守护者。

　　享有守护者陪伴的代价是我只能睡 A、B 或 C 三个区域（见下图）。A 区看似最完整，其实局促紧张，因为猫肚子乃敏感地带，误触会导致 Tovi 不安站起，继而践踏我的头发，会很痛并有秃头的危险。

　　B 区能独占一方，侧睡可享新鲜空气，是我常常采用的区域。缺点是脸只能向右侧，若往左会迎上肛门。需要注意的是尾巴，若猫咪心境平和便相安无事，若猫有心事，尾巴上下乱甩，会骚扰到人的五官和脖子。暂时性的可以用手护脸，若情况持续可能要转移到 C 区域去。

　　C 区看似最委屈，实质最温馨。向左侧躺，脸孔朝四点钟方向，便能享受无尽开阔的呼吸空间。后脑紧贴猫头（我认为头乃一只猫全身最清洁的部位），颈背靠着猫背，可感受彼此的呼吸起伏、身体的柔软与温度。人头与猫头稍微用力相抵，可启动猫咪呼噜声助眠。

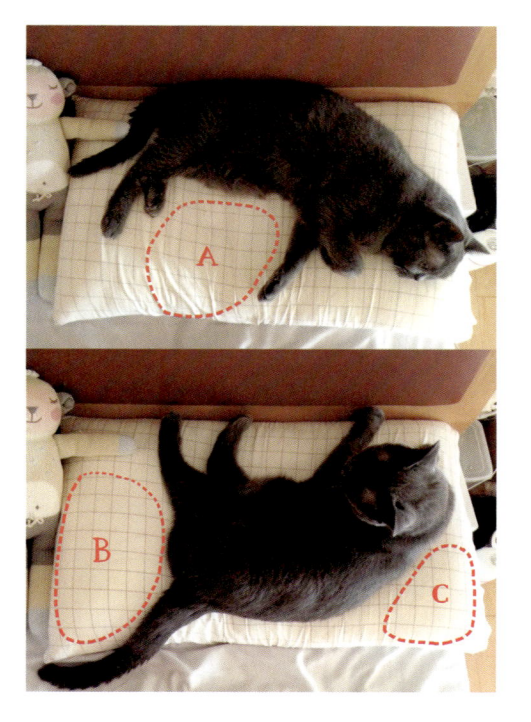

　　以上是一位斯德哥尔摩症候群[*]患者的告白。

[*]注：斯德哥尔摩症候群（Stockholm syndrome）又称为人质情结、人质综合征，是指被害者对加害者产生情感，甚至反过来帮助加害者的一种情结。

不是人的家人

某天凝望 Tovi，忽然惊觉缘分的奥妙。

我从小跟家人不算亲近，真正面面相对同住的时间不多，还比不上跟 Tovi 12 年来相处之长久和贴近。说起来好像大逆不道，跟一只动物的关系怎么会比亲人更亲密？但事实就是如此。他陪我换过五份工作，迁移过四次，共乘过一次飞机，经历过两次我忧郁发作。我们形影不离，互相信赖。这只猫陪我一起经历的，比世界上任何一个人都多。而我陪他，会是一辈子。以亲密和重要程度来计算，怎么可能不给他家人的地位？

于是我开始相信，有些比较单纯的灵魂，虽然披着动物的身躯，终生不讲一句人话，寿数只有我们的五分之一，但明明就是上天分配给我的今生至亲。

他不是人却姓陈，是我最亲的家人。

珍惜的方式

　　海洋有洋流，即流水的方向，猫毛也有"毛流"，尤其头部最为明显，以鼻子为中心分流出去，长短粗细有致，甚是奇妙。摸猫、拍照、素描的时候，我仔细查看他们的毛流和轮廓，生怕观察不够细腻错过了什么，枉费眼前的奇妙美好。

　　曾经看过一本让人不管怎样就是要写作的书，作者说："写作是一种珍惜的方式。"我同意并且觉得，就连用目光注视、用相机对焦，或在纸上一笔一画地描绘，都是珍惜的方式。

　　用力地贪婪地，抓住当前拥有的，记下内心感动的，封存在文字和影像里。我拼命这么做，尽量做得好，是为了终被岁月打败的时候，可以虽败犹荣。

亲爱的
你们的
妈妈：

　我们的猫的生母们，
　　你们的孩子都是很好的小猫，
　　能与他们一起生活，是我的幸运和福气。
　　我说自己是他们的妈妈，
　　只是自我陶醉说说而已，
　　心里知道永远无法取代他们真正的妈妈，
　　但我会尽力照顾他们的。
　　愿你们安心。
　　辛苦了，委屈了。
　真的对不起，很谢谢你们。

3
致你们的妈妈

一个妈妈想对
另一个妈妈说的心里话

A letter to
your Mama

  从第一天带 Tovi 回家，我便毫不羞赧地自称他妈妈。当初处心积虑要养猫，就是为了拥有一个专属的对象，占有他以尽情地爱，享受照顾的乐趣和被需要的满足。后来跟饭团与美咪同居，为表示一视同仁，也请缨成为他们的继母。陈明珠更是顺理成章，一人捡猫一人当，冠上我的姓，给她一个名，表示对她一辈子的承担。我自称妈妈的心思背后，可以说是身为人类的自大，在这人本主义的社会，我确信自己有能力给猫一生的庇佑和幸福，认为称他们作儿女，是我可以施予给猫最慷慨的承诺。

  我会在家里和网上模拟四只猫发言，并自称为他们的妈妈，十分恶心却也自得其乐，从不心虚。可是某天凝视明珠，我内心又再次赞叹，如何难得的遗传概率，才能生出她这只蓝绿眼的小白猫呢？她爸爸是蓝眼白猫，或她妈妈是绿眼白猫？全白的流浪猫多么珍贵！可是又再想到阴暗面，以明珠当年被捡到时的落魄状况，她妈妈的命运应该也极尽艰难，大概早已凶多吉少。那个在街头把她生下来，在险恶环境里把一窝幼猫奶大的，才是明珠真正的妈妈。而我从头到尾只是个捡现成的假冒者。

  霸占了四只猫太久，几乎遗忘了他们在时空某处，有着曾经孕育他们的母亲，她们的心跳使小猫的心灵安稳，她们的舌头舔遍小猫的身体，用奶水喂养幼小美丽的生命。

　　逐一幻想那几只素未谋面的母猫，心里感激又怜惜。她们若能冥冥之中感应到我的心，好想跟她们说这些话。

To 美咪的妈妈

美咪的娘，不知你生过多少只小猫，你其中一个小女儿，耳朵一半滚黑边，右额和眼睛周围有一片褐色斑，一双湖蓝色的大眼睛水灵灵，还画了一圈黑眼线，很媚很美。她小小的头顶着大耳朵，一看便知道听觉超灵敏，一定是因为你的好基因。粉红鼻子的左鼻孔周围有一颗痣，像鼻屎，是她最可爱的特征。嘴巴右边有一圈仔细注意才会发现的淡黄。双手和肚子全白，背和后腿分布着深深浅浅的咖啡色，棕色花纹的细长尾巴尖端是一点黑，像蘸了墨。她年幼的时候，花色比较淡，你还记得她吗？她现在跟我们两个人和另外三只猫一起住，她又乖又美丽，我们叫她"美咪"。

虽然美咪小时候跟你失散，可怜的她在路边被几个死小孩欺凌，但美咪是受上天眷顾的小猫，很快被好心人救了，辗转跟了我们。美咪跟同居的另一只长毛扁鼻的猫感情要好，喜欢的时候会窝在一起睡，醒来会互相亲密舔毛，美咪是被爱护的，请你放心。

美咪跟着人从温暖的台南搬来冬天湿冷的台北，她不喜欢天冷，但我们都会给她预备温暖安静的窝。美咪的身体一直很健康，应该是因为幼年吃过你的优质母乳。给一群幼猫喂奶一定很辛苦吧？谢谢你给了美咪最棒的礼物。她身材小巧，但中气十足，叫声响彻云霄。从美咪身上，我仿佛看到你从前在街上多厉害，飞檐走壁，机灵敏捷，很会钻很会躲，每天吃很少便能维生。一定是你以身作则教会了小猫怎样谨慎过日子，而美咪不

美咪喜欢跟人保持距离，我们都会尊重她的意愿。

愧得你真传，跳跃疾走像风一样，哈气时像山猫一样威风。

　　你知道吗，漫长的十年过去，美咪对任何人和事物仍然充满戒心，她对人类和这个世界从没松懈过，甚至没长半点赘肉。一直警惕度日，我想这是因为她从没忘记你的缘故。你不在，但你的小猫继承了你的独立和尊严，我试着透过欣赏美咪来欣赏你，一只不隶属任何人、不卑不亢的猫。

　　有时候我对美咪很啰唆，因为很希望她能听进去，如果你能跟她讲，可否请你让美咪多放松，或多吃点好吗？虽然她很精神，但我总是希望她多长点肉，万一年纪大了，生病也有个好底子嘛。还有，我们人啊，总是有点粗心莽撞，会欺负到敏感纤细的猫，对不起。但我们是真心想疼她的，希望她能尽量接受。

你看美咪的眼睛多美，是不是像妈妈呢？　　　　　　美咪很喜欢饭团，他们已经相伴十多年。

我们的家很小，抱歉没能给美咪更大的自由，但这里很安全，我们会保护并照顾她到老。

To 饭团的妈妈

饭团的妈妈，猜想你当年在炎热的台南，当一只没有被妥善照料的波斯猫，一定有说不出的苦。你的小猫就像你，也长了一身灰白长毛，是可爱又威风的小公猫。你记得从前那个从你身边带走小猫的女人吗？她给小猫取名叫饭团，饭团是她生命里无可取代的第一只宝贝猫。

我看过饭团童年时的照片，像个煤炭小毛球，女人把他平安养大，他变成了一个黑脸大毛球。后来她又接了一只小母猫回家，饭团对新来的猫很友爱，你儿子是个很善良又勇敢的好孩子呢。后来女人带着饭团和小母猫搬到台北，跟我和另外两只猫一起住，于是我也一起照顾你的儿子，已经八年了。

我想问你很久了，你怎么能生出这么聪明的儿子呢？他懂得观察人，也懂得表达自己，是我见过的最聪明的猫。但他不是最快乐的。你知道，太聪明有时候反而不快乐。对生活和情感有要求，便容易心生不满，饭团的心思比别的猫更细腻。例如玩逗猫棒，其他猫会傻傻追着疯玩一场，他却能看穿舞动逗猫棒的人手，很容易失去兴致。又例如吃饭，碗都放在一角，饿了可以随时吃，其他猫都没有意见，但他却很介意猫粮是不是新加的，如果不是，他便不高兴，嚷着要我们加饭。看他一天叫那么多次，时常不满现状，好像也挺累的。若是看到别的猫在人的身边，他即使想要亲近我们，也会装酷，很爱面子。不过请你放心，阿团也有忘忧快乐的时刻，吃零食啦，撒娇啦，玩追追啦。他酣睡做梦时，手会抖抖抖，好可爱。

就是这个女人带走饭团，把他从黑炭小猫养成威风的大公猫。

你儿子有这么帅!

我时常替家里的猫拍照，有些人看到饭团的照片，说他像古装剧里的大胡子猛男鳌拜，尤其是冬天，他毛最蓬松的时候，威风凛凛。但他本身其实很小一只，脸蛋很精致。他的头和前胸长了一圈白色鬃毛，衬托他的小脸，鼻子秉承波斯猫的短塌，眼神锐利，眉毛微微下压，偶尔有些没礼貌的人说饭团的脸很凶很可怕，我都不理睬，他们根本没有胸怀去欣赏猫的美。我觉得饭团的额头和下巴最奇妙，短毛刚好长出立体饱满的半圆。人类的面相学好像说，前庭饱满代表聪明和少年好运，下巴有肉是晚年有福，哈哈，我很乐意相信团团也是。

　　健康方面，饭团遗传了你的过敏体质，呼吸道和肠胃都不太好，吃很多拉很多却不长胖，容易软便。过去夏天我们会给他剃短毛，他像绵羊那样乖乖配合，剃完顿感轻盈的他会得意兴奋地跑跳两三天，逗我们和其他猫玩，很好笑，我们说剃毛让他回春。秋冬便让他留长毛，隆冬的时候，他一身长毛，坐在窗边凝视外面的世界，静默的侧影会流露出波斯猫的贵气和优雅。

　　不过你懂的，长毛猫要适应台湾湿热的气候总是会比较受苦……尤其是会软便的猫。人类有手和各种工具，要清理猫的软便都觉得受罪和困扰，更何况猫清洁自己只能靠一张嘴……有时候看到饭团躲在阴暗角落里，苦恼地舔沾满软便的屁股和尾巴，我看着也很替他心酸。很久以前，我家里养过一只母狗，我见过她很努力地替每只幼犬舔大便，有次一只小狗拉了很多，她仍坚持要舔干净，结果我眼睁睁看着她舔完之后反胃呕吐！记起这幕我便想，你会不会有点庆幸，自己现在不用帮饭团这个老小孩舔屁股？哈哈。说笑而已，我们再忙再懒也会帮他擦。

我们比较帮不上忙的是，他近年会气喘。开冷暖气、除湿机，看医生吃药都已尽量做了，可是他一旦发作，我们还是束手无策，只能等他自己撑过去。很无奈。

如果你可以保佑他，请你一定要保佑。

也请你教我们怎样照料他才最好，我答应你，我会随时打开心门受教。

从前，你生前被人亏待的、疏忽的，但愿我们可以一并弥补在你的孩子身上。

聪明的孩子都有些怪癖，团团喜欢咬吸管去"加菜"。

夏天我们给他剃成小绵羊,团团剃毛超级乖。
他也喜欢自己短毛的样子,每次剃完都特别神气,活力十足。

To 亲爱的 Tovi 的妈妈

　　Tovi 的妈妈，我对不起你。如果不是我这种人花钱去买宠物，就不会有你这样被养来繁殖的猫，一生受苦。那一年，我很想拥有一只猫，身边的人说只能接受温驯的，我因为很想养猫到了不择手段的地步，所以没细想便答应。打听到英国短毛猫很乖、很安静，不太爱跳，我便去宠物店隔着橱窗，用手指点了一只灰色的幼猫——你的孩子，把他买回家。我用几个臭钱，促成了龌龊的生命买卖，把自己的快乐和满足建立在你的痛苦之上，世上最不公平的事莫过于此，我后来才明白。对不起。

　　如果时光可以倒流，我希望自己没有买猫，更希望你不用生他。

　　但既已成事实，我只能感谢你生下了他。

　　我给他取名叫 Tovi，意思是"神的良善"，而他果然是。一天天一年年，他用生命感化我成为比较柔软的人。

　　不知道 Tovi 是你的第几胎，他多大的时候跟你分离，被卖到宠物店。Tovi 跟我回家的时候四个月大，全身柔软的灰蓝色绒毛，手长脚长，橘色眼睛。我第一次跟猫相处很生涩，他显得有点寂寞。回家不久，他便出现各种健康问题，皮肤、牙齿、口腔和骨骼，断断续续治疗了一两年，动过几次手术，他都一一克服。你的孩子非常坚强和了不起，我很爱他。

　　那时候我为他流过很多泪，其中一些其实为了你，因为医生说，Tovi 身上的病都只因纯种猫近亲繁殖所致，我不知道该怎么设想你和你其他小猫的状况，觉得好难过。这份沉重一直埋在我心里，直到如今。

十几年前，我带 Tovi 回家时他的样子。

如果 Tovi 现在生活得好可以让你安慰，那请你听我说，他过得很好。Tovi 是只很乖的猫，平常很安静，只要一摸他的大头，他便会呼噜得超大声，还会舒服到流口水。他长得比一般猫都高大，头也很大，手掌也很大，在我心里的位置也很大。

开始几年他与我在香港生活，后来我们来到台湾。窗外的风景变了，但窗内始终有我跟他。Tovi 待我亲厚，我也很依恋他，睡觉时你儿子都睡在我头顶。与我们同居的还有另外三只猫，Tovi 的个性不太会主动争取，只会憨憨地自己乖、自己呆。但你不用担心他因为木讷被动而被忽略，悄悄告诉你，我什么都会偏心给他最大份、最好的，永远都会。

Tovi 陪我走过平原和低谷，他的绒毛吸过我的眼泪鼻涕，身体跟我相互取暖。他无言的存在，温暖过我生命最冷的时刻，给我一份人类无法给的体贴和安慰。我很感谢他，也很谢谢你。

他现在是只大猫了！

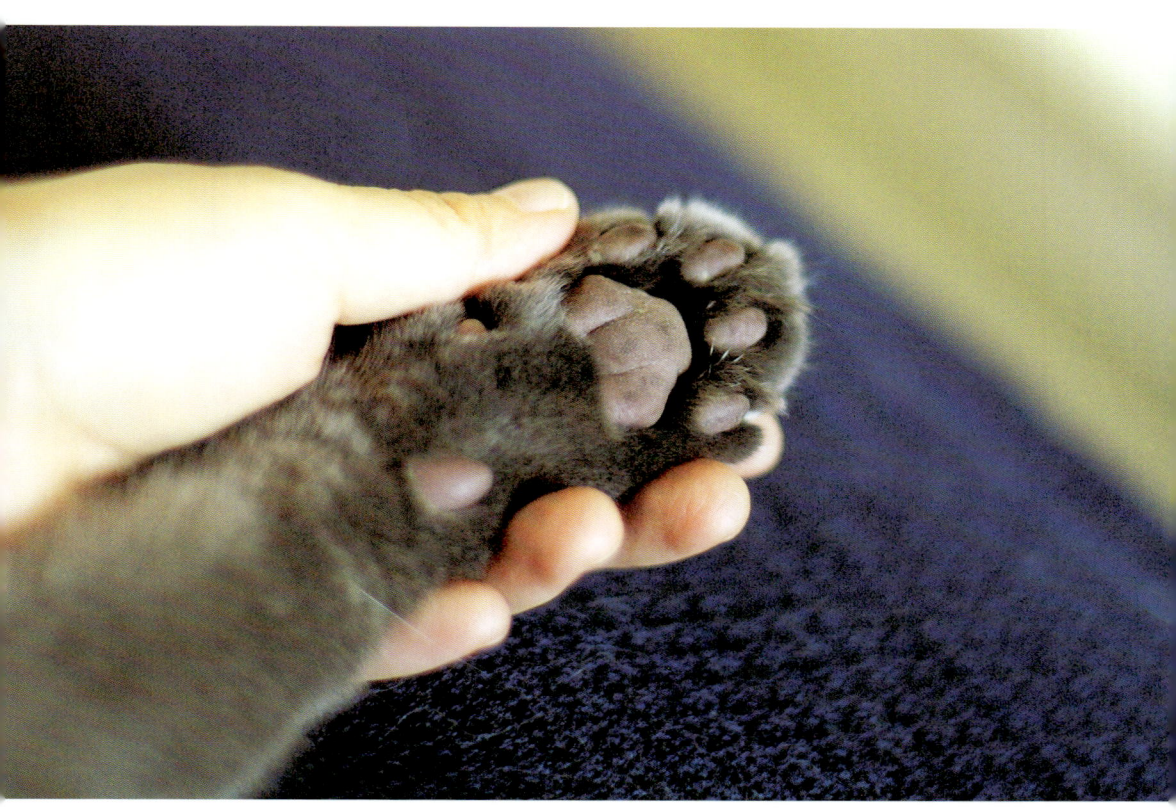

连手也比别人大。

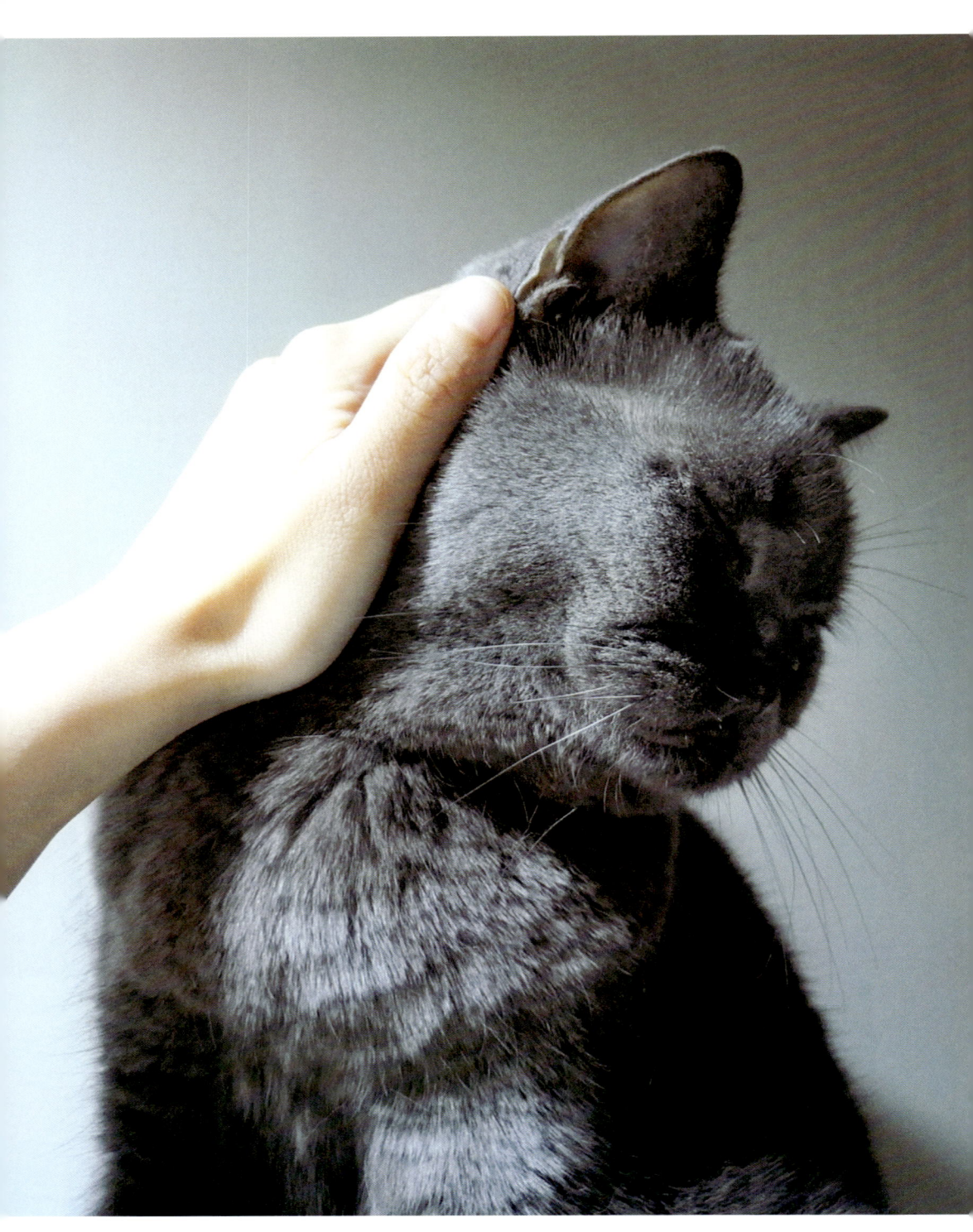

Tovi 是好猫咪，是我生命里的玫瑰。

我对他做错过一些事，也做对过一些事，我带着复杂的心情爱他，就像对待自己的孩子一样，即便不足，但确已倾尽当下所有。

　　我愿幻想你此刻在某个平静无忧的空间遥看我们，看到我们的贪痴与苦乐。Tovi 现在行动有点迟缓，身体在逐步退化。我本来想问你，能不能让他晚年无痛无愁，但又恐怕是贪得无厌的妄求。只能许愿让我增添智慧和勇气，而把他交托给上天，预备终需的别离。

　　最后我还是要说，对不起你，我只能尽量爱他。

　　对不起。请原谅我。谢谢你。

晚上他都跟我一起睡，我们都习惯身边有对方。

To 明珠的妈妈

　　明珠的妈妈，我在一条大马路的车下发现你的小猫，不知她怎么会跟你失散，沦落到那么可怜，可怜到我这么胆小怕事的人都无法视而不见。虽然很害怕承担，但还是颤抖着把她捡回家，她现在叫陈明珠。我跟另一个女人一起照顾和疼爱着明珠，还跟另外三只比明珠年长的猫一起生活。我们过得很幸福，请你安心。

　　我有时会想，明珠出现的时候已经三个月大，代表你至少关照她到两个多月，是什么情况让你丢失了自己的骨肉？我无法乐观推想。很抱歉我们这些人类没能给你一个仁慈的世界。我仅能很小家子气地，给你的孩子一个小小的家。

　　明珠当初来我们家的时候情况很糟糕，全身脏兮兮，不知在街头饿了多少天，瘦骨嶙峋，虚弱到连眼睛都睁不开。头几个月，我们多次以为她活不久了，可是她都撑过来了。你赋予她的生命力一次又一次令我意外和感动。你这个小女儿很坚定地想要活着，她做到了，而且做得多么漂亮。

　　明珠现在4岁，强壮又美丽，全身白毛，粉红鼻子，左边眼睛蓝色，右边眼睛绿色，任谁看到都会赞叹造物的奇妙。她的视觉、听力、嗅觉和身手都一级灵敏，爱玩爱吃，乐天知足，很乖很贴心。

　　她很懂得享受生活，又会讨人喜欢，她很爱我们两个人，我们也很爱她。明珠对我们亲密又忠心，时常像只小狗一样跟进跟出，她是我们家最甜的宝贝。谢谢你生了这么棒的小猫。

　　除了我们在家里天天称赞她，还有成千上万的人喜欢她，这么神奇的

你女儿现在这么的美!

明珠最会自得其乐了。

女儿，你是怎么生的啊？你应该为自己感到十分骄傲。

她常常让我们笑，为我们平淡的生活增添了许多甜蜜。老实说，我们完全被她俘虏了，无论她要什么都自动献上。但仔细想，又觉得好像她给我的，远比我给她的多。

你的孩子有强大的爱的力量。她天真又自信，对我们信任又慷慨，生在这有时候很刻薄的世间，明珠是我们的珍宝，是我要捧在手掌心里的明珠。

明珠是个从不客气的小猫，有太阳马上抢最好的位置去晒，有暖气挡在大家面前烤，有食物吃到吐也要吃光。我们嘴巴上笑说她是来讨债的，但在心底，我其实觉得她是来施恩的。谢谢你，把她生在这险恶的人世，给我们带来许多欢笑和慰藉。明珠是我平淡生活里的亮光和笑点。

有一个想法，我只敢跟你说，我们母亲之间才能说的，我觉得明珠简直是完美的小猫，世上再没有比她更无瑕的猫咪了，明珠妈妈你说对不对？

我们的猫的生母们，你们的孩子都是很好的小猫，能与他们一起生活，是我的幸运和福气。我说自己是他们的妈妈，只是自我陶醉说说而已，心里知道自己永远无法取代真正的母猫，但我会尽力照顾他们的。

愿你们安心。辛苦了，委屈了。真的对不起，很谢谢你们。

刚捡到明珠那天，最初她叫阿臭。

小时候抱在手上，她像一把瘦骨头。

现在她全身都是扎实的肉，我们为她努力生活感到很骄傲。

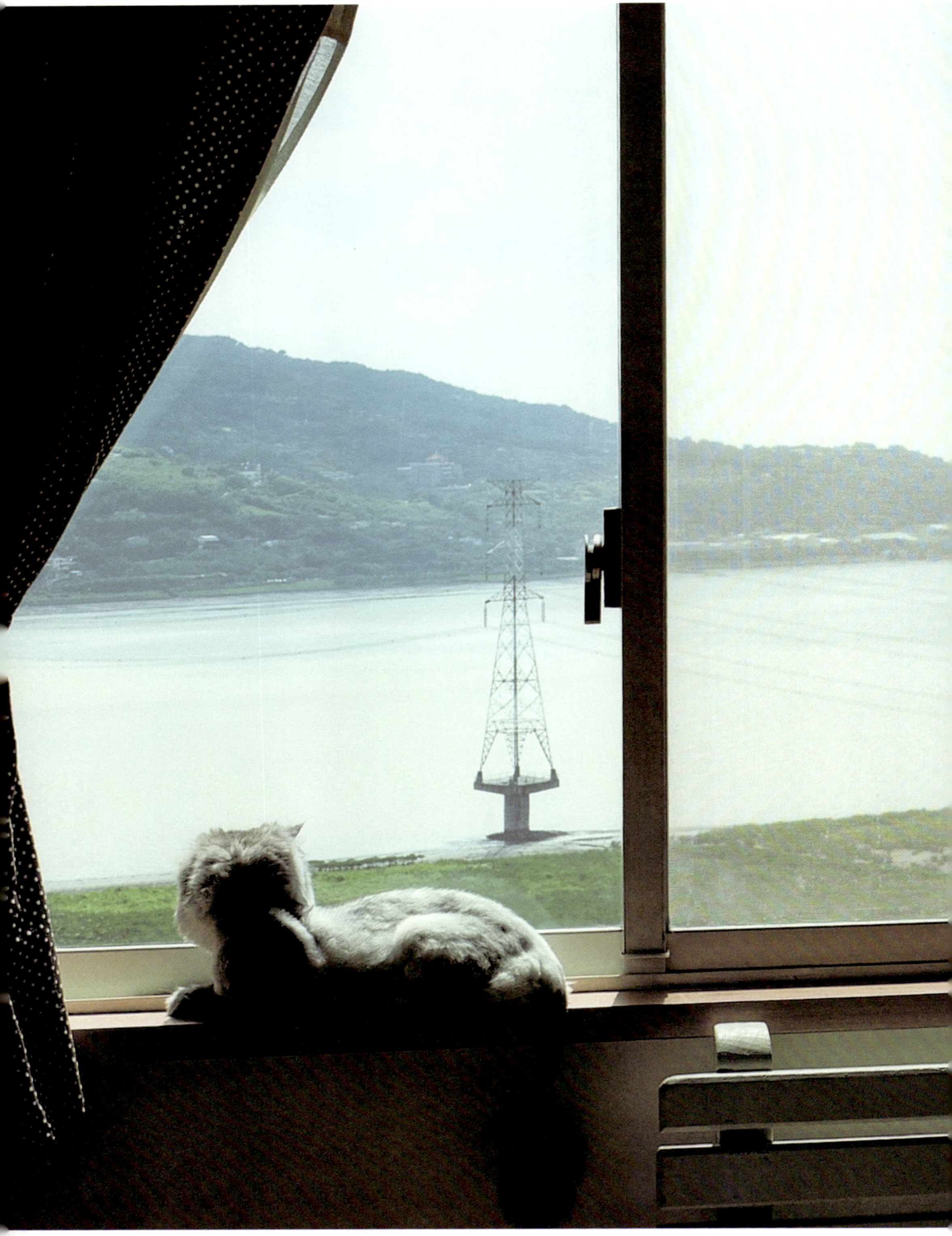

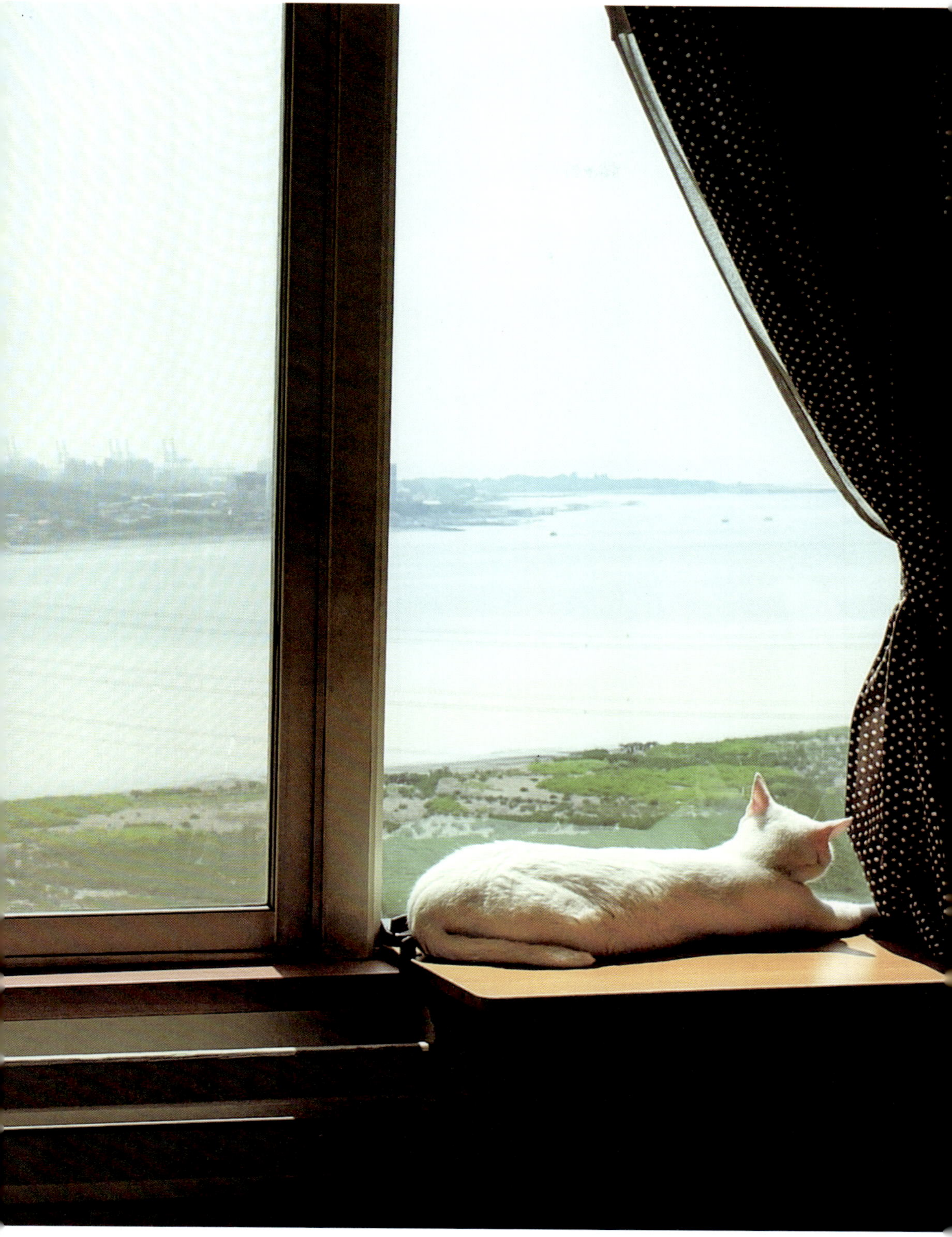

无论她怎么顽皮任性，我还是觉得她很可爱啊。

爱的不精确用语

世界上有一种"乖",不一定是真的乖,他可能让你生气无奈翻白眼,可是当静下来看着他,又满腔疼爱不知道该如何诉说,会冲口而出:乖!好乖!世界上有一种"傻",其实一点也不傻,还可能十分聪明狡猾,可是他总是让你心很软、放不下,觉得不照顾他不行,才永远坚称他傻。世界上有一种"小",其实早已经不小,甚至肥壮强大,可是你永远惦着他脆弱柔软的时候,很想呵护疼惜他,才会罔顾事实说他小。世界上有一种"丑",其实你心里觉得超级可爱,让你打从心底甜甜地笑出来,越丑越想亲,越坏越要爱。

乖、傻、丑、臭、坏,如果带着爱意笑意去说,就都是爱。

足 印

  从前拖地的时候，我们会把三只猫关在阳台，免得他们乱跑弄湿脚，又踩脏地板。谁踩花刚拖过的地板可是要挨骂的。(劳累的女人做家事会有暴躁的时候。)

  后来猫逐渐老去，我们也是，标准便跟腰围一样越来越宽松，对猫渐渐不关不管也不骂。然后明珠加入，掀起太多乱象，更让我们迅速看破。走到这一步，地上区区几个脚印已经挑不起我们任何激动的反应，反而有兴致去欣赏它的可爱俏皮。我指给江小姐看，一起笑笑。我拿相机趴在地上，好整以暇地拍几张照片，跟明珠说几句肉麻废话（"是谁的脚脚？是谁脏脏？"），最后才从容不迫地擦掉。

  所以说，人要是能看开一点，生活真的可以快乐很多。而且每一个弟弟妹妹都应该感谢自己的哥哥姐姐，为他们挡去了父母年轻时的火爆脾气，老么才能过轻松日子。

我想的与你想的

　　拖延很久,终于挑选了照片,放大打印,安排出一天时间安坐桌前,摆台灯铺画纸,决心一根根毛跟它耗,一腔情感以画明志。

　　当我沉迷于笔画中时,老猫从酣睡中醒来,晃着肚皮来到跟前,耐着骨刺与发涩的关节纵身一跳跳上椅子,再跳上桌子,凑近招呼了一声。

　　"还有很多要画,你怎么打断我呢?"

　　他再轻叫一声,踏前踩着画像。

　　"我在画你,知道吗,你怎么能践踏破坏呢?"

　　他瞄准握笔的手,奋力用大头撞!撞!画花了一道,又一道。

　　"……"

　　心念回转,遂放下笔,实实在在地搓揉这颗毛头10分钟,他才满意地离开。

　　慢慢清理图画上的污痕脚印,默默自省:爱他不是我想的这样,是他想的那样才对,我怎么忘了呢。

垃圾为你而留

　　本来打算丢掉的东西，会因为猫玩得开心而保留。最常见的像是提袋、绳子、箱子，也有过破烂行李箱和这次最挡路的两张想淘汰的椅子。

　　新餐桌椅送来了，把旧的放到大门边准备送去回收，猫却像发现了新大陆，争相去坐或躺，磨蹭着、滚动着，一副如痴如醉的样子，还自发用来当追逐玩耍的障碍、跳台、磨爪板，总之大玩特玩，不亦乐乎。

　　于是，我们两个人甘愿忍受移动路线受阻和空间拥挤，让两把破椅子留在狭小通道上将近一个月！想想，我们好像都很自然地会为了爱的人而姑息某些"垃圾"。那些"垃圾"可能是猫的纸袋，可能是太贪便宜买的特价货，可能是爸妈乱买的恶俗纪念品，可能是子女猪油蒙了心爱上的人渣废材。

　　背后其实是"我不懂你但是我尊重你"，"你快乐所以我快乐"，甚至是"我愿意为你的快乐承受不快乐"的概念。

盒 子

　　总是会在欢笑的同时预感到一点哀伤。

　　无论给明珠怎样的纸箱，她都能把自己塞进去，让我觉得十分搞笑。随即又感伤。

　　因为这会令我想起，香港作家谢立文十多年前写的一篇文章《我的猫得巴》。其中一段描述得巴垂死的日子，谢立文想找一个可以安放猫身的盒子，但选了半天还是决定不了盒子的大小。"到底一只死去的猫，身体是蜷曲着的还是伸直的呢？你知道对于猫来说，差别相当大。"

　　他回家还装作跟得巴玩，摆动它已经弱到不能动的手脚，模拟幻想猫死去后的姿势。谢立文语调清淡幽默，读着让我嘴角微笑，眼睛却泛泪。

　　是的，我知道猫蜷曲和伸直差别很大。也知道猫数不清的那么多的可爱举止。但是我也知道，有一天这些可爱静止了，我会茫然无措。我知道，今天一切让我笑的东西，有一天会让我想哭。所以总是在欢笑的同时，预感到一点哀伤。

像　猫

　　猫是随时会走开的动物，所以让人格外珍视。这个夏天，Tovi 花大量时间在纸箱屋和沙发底下睡觉，难得愿意露脸，留在沙发躺一会儿。见状我马上塞抱枕让他垫背，并把茶几推到刚好能够让他搁手的角度。伺候的动作有如行云流水，一气呵成，内心不禁发出赞叹，也为自己的殷勤感到有点不好意思（除了猫，对谁这么孝顺过？）。一切只是为了希望猫大爷满意，愿意在我的视线范围内多留一会儿，陪我一阵。

　　猫把我体内一切卑躬屈膝的、谨小慎微的、谄媚奉迎的基因都唤醒了，让我时常揣测怎样讨好他们。苦心不被嫌弃便窃喜，未获青睐只视作正常，不气馁不言倦，内心常以自己的细心与恒心为荣，比对爱人更无私痴情得多。猫的"自愿"带给我莫大的虚荣，猫的接纳让我暗地里自觉是个好人。

　　一切都只因为，猫摆明是随时会走开的动物。

　　狗被期待忠心与服从，猫几乎完全不被期待。狗爱慕主人仿佛理所当然，猫不抗拒饲主已算很给面子。狗总一心想为主人做些什么，猫则会让人想要为他做些什么。

　　这里头分明有个教训。如果有得选，做人应该像猫才算聪明。矛盾的是，我们爱猫的这些人，通常却像狗一般痴情。

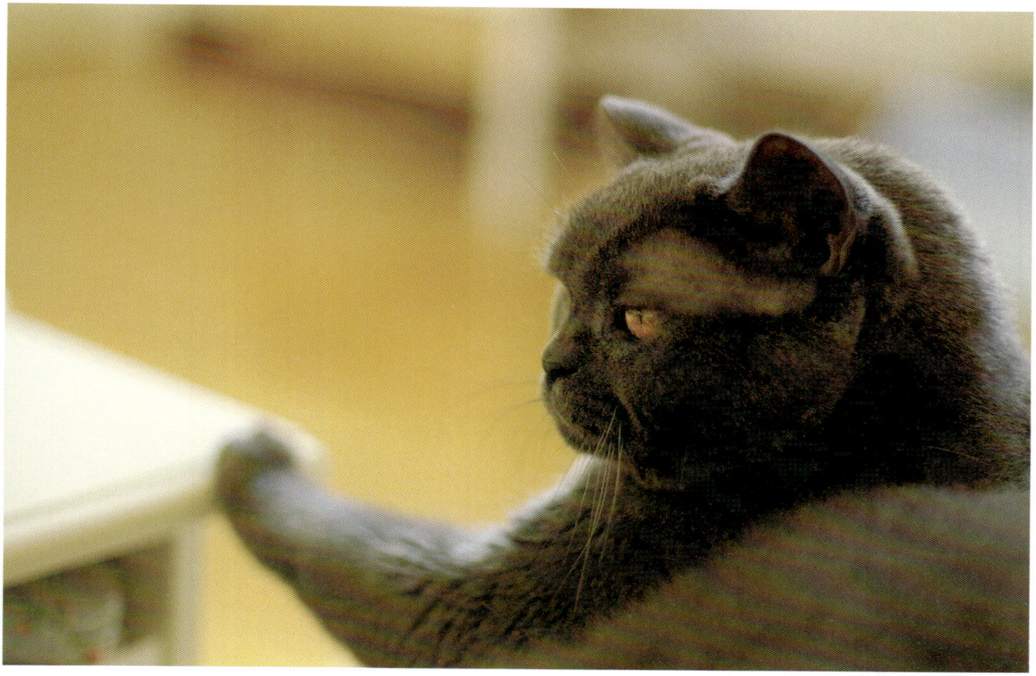

家猫赏蝉

仲夏夜，江小姐兴奋地从阳台跑进来，报告纱窗上有蝉。

我们很有默契，一人迅速抱猫一人拿相机，把猫送到蝉的面前，讨好地说："珠珠，你看这是什么？"

"蝉~这是蝉~"（仿佛要教女儿念字。）

"是不是很大？很厉害？"

猫配合地，隔着纱窗嗅嗅摸摸，直到蝉飞走才作罢。

二人满脸自得的微笑，回到屋内，自觉今夜给女儿提供了上等的娱乐与见识。

第二天我把照片贴到网上，一众同样住在城市里的猫友，纷纷回应，表示他们也曾如此小题大做地向猫"献宝"，语气中既自嘲又甜蜜。正当为吾道不孤而感到窝心时，一位住在美国郊区的网友淡淡地秀出一张照片，她的爱猫隔着玻璃看向窗外的大鹿！大！鹿！像童话一般的画面，令我悠然神往，赞叹不已。

可是，相映之下，叫我们这些只能偶尔看到苍蝇、壁虎和蟑螂的城市猫情何以堪。让我这为娘的有点自卑，但是又无可奈何。

想起看过一幅漫画，爸爸与妈妈牵着中间的小男孩，男孩左右脚各穿一只不同款式的成年人坏掉的鞋。再看，爸妈各自光着一只脚，原来他们脱下自己的鞋，分给孩子穿。图注写着：也许爸妈无法给你更好、更合适的，但他们给你的，已是自己的全部。

呃，我对猫儿女的心意，大概也是这样。

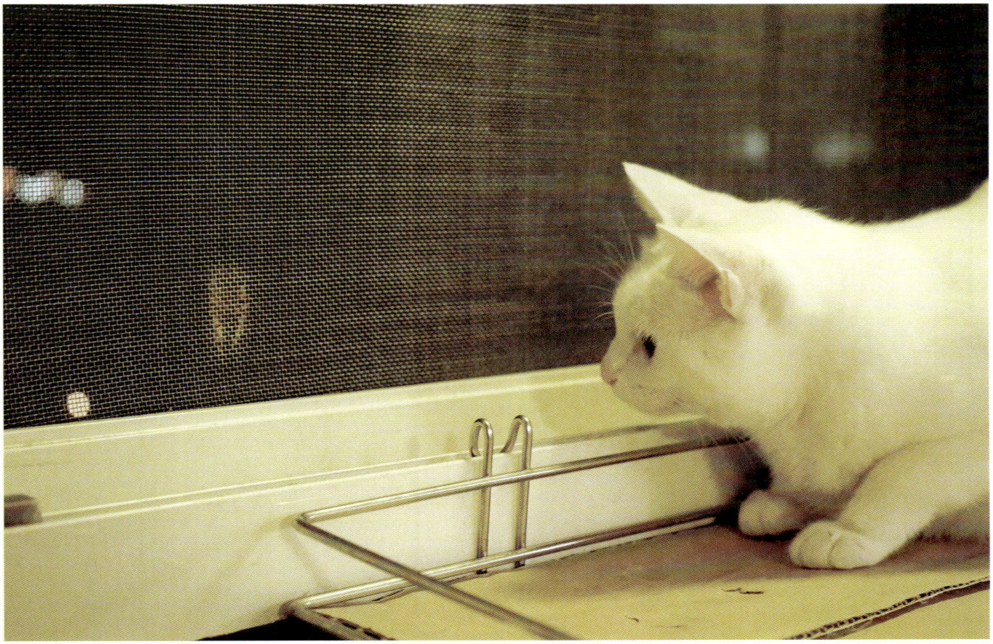

敬平凡

　　7月的某一天，台北高温达三十几度，我把桌椅移到客厅最通风的位置，仍然暑气难耐。我坐在电脑面前画插图，全身黏糊糊，也说不上来为什么坚持不开空调。猫各自找到睡觉的地方，整天恹恹不动。江小姐在同样酷热的书房忙她的事，除了一起午餐时，我们没有交谈。那是十分漫长、沉默、燥热得有点煎熬、没有不快却说不上愉悦、稍觉疲乏但埋首努力的一天。唯一特别的是，工作之余，我给自己定了一个小任务：每隔两三个小时到窗前拍一张照片。终于夕阳西下，入夜稍凉，我放松下来洗澡吃饭，结束了一天的工作。

　　第二天起来开电脑，检视昨天拍的照片，按时序排列在一起，竟然有种宁静优美，越看越讶异。才不过昨天的事，那冗长和烦闷的感觉记忆犹新，为什么当我把全天的景象拼凑在一起，平凡的一天便变得可观？

　　我幻想10年、20年后，今天写的文字和画的画会算什么？今天身旁的猫已化作什么？如果到时候回头看这画面，想起屋子里有活生生的Tovi、团团、美咪和珠珠，我们两个人闷在家里各自埋首工作，是否会觉得弥足珍贵，恍如隔世？

　　不值一哂的日常，才刚过去，便千金难买，原来平凡本身已是可敬。

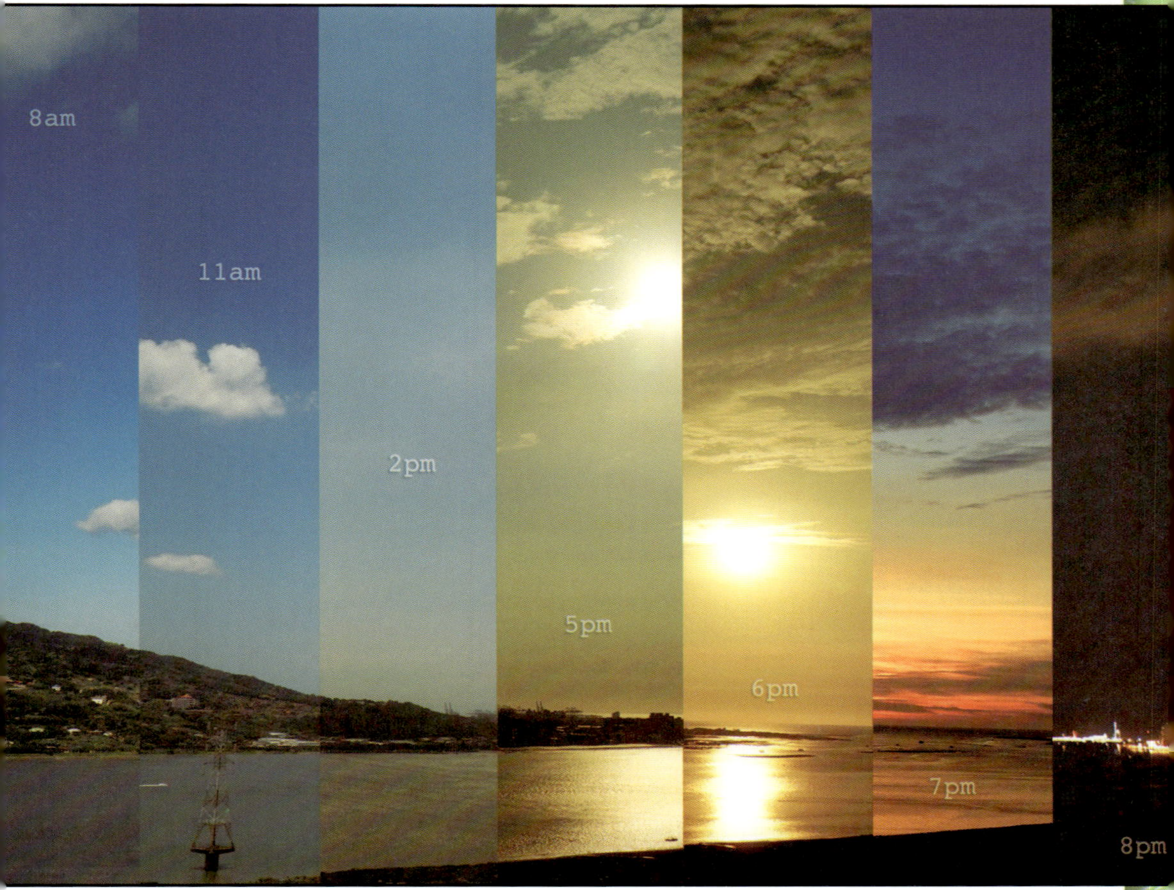
8am
11am
2pm
5pm
6pm
7pm
8pm

不走多余的路

猫的世界里没有"转弯"的动作,只有跳过、跨过或是踩过。

对焦

明珠:"无论我是不是你的焦点,你都是我的焦点。"

坚持

Tovi 有一些坚持让我很苦恼。
他每晚都在我的枕头上来回走动找位置睡觉,
常常踩到和扯到我的头发,让我很痛,又怕秃头。
他心血来潮便会打断我的工作,用身体挡住整个屏幕,
屁股压在键盘上,乱踩按键。
即使挤到根本没地方坐,无论多么勉强,他仍然坚持待着。
我时常压抑着推开他的冲动,因为想到,
世上还能有谁像这只猫,这么想要跟我紧紧在一起呢?

猫最懂

台北连日下雨，阴郁潮湿，连人都头痛，猫更无精打采。
我终于受不了，关上房门开除湿。不消一刻，猫便从四面八方聚集过来。
哪里开了暖气，哪里开了除湿，哪里最干燥舒服，猫最知道了。
看着 Tovi 舒服到在床上愉悦地翻滚，真后悔没有早点这么做。
猫总是适应着环境，默默忍受不会投诉，
往往要看到他们忽然解脱的样子，我才明白之前他们有多么忍耐。
这种乖最让人心疼。
但愿每一个乖巧的孩子，最终都能遇到懂得他的忍耐的人。

退休者天堂

从前有一位长者,
他从小就过着退休生活,
闲来无事又不想荒废技艺,
于是会替社区里的女士们理发。
可是,理发师时常很困,
理发中途会睡着,
被他理发的大婶也退休多时,
也会头发洗到一半便打瞌睡。
结果让排队等着理发的其他客人等很久,
等到最后也一起睡着了。

人在明猫在暗

我:"珠珠! 珠珠! 你在哪里? ……"
(抬头)
Σ\(°Д° ;;)/
养猫就是会有这种突然吓死的时刻。

棉花糖

我:"白猫的脚印,很好吃的啊!"
明珠:"真的吗……"
(啃!)

明珠:"这是什么?"

狐狸说,看到风吹麦田便会想起小王子的金头发;
我每吃一颗棉花糖也会想吃明珠的脚脚。

不管怎样都会做的事

可能电视剧看太多,很在意毛发藏着 DNA 这件事。
很想做一个有着 Tovi DNA 的小 Tovi,所以存起他身上梳下来的毛,做了一只迷你的他,还插上了他真的胡子。
左看右看,有点像又不太像。
做的时候明明很用心,成果却总是有点马虎,这好像是我的常态,
无论画画、写字、创作、爱猫还是做人。
很笨拙,但是因为很想做,
不管怎样都还是要做。

美咪

每次贴美咪的照片都诚惶诚恐,有一种身为母亲的脆弱,担心有人觉得美咪不美。
每当有人称赞美咪漂亮,我便发自内心感激,感谢对方能看到她的美。

家里有猫的日常之诗

风和日丽
蓝的天白的云
山与水
绿叶映花猫

矿坑

工人甲：这个家有很丰富的矿物资源！
工人乙：探之不尽！听说这叫"猫砂"！
　　　　但听说有兄弟上次挖到毒气大陨石，臭到丧命了！

饭团的梦

从前有一只有很多毛的猫，在太阳下睡午觉，
他梦见有一只竖起耳朵的猫，跟一条在盯着他看的狗，
狗的嘴巴还开开合合发出汪汪声。
醒来却发觉，
原来只是他无聊幼稚的家人。
于是他觉得还是再睡一下好了。

没有猫在乎过我的肾

兽医经常提醒猫主人,猫喝水不够会造成肾脏负担,危害健康;但是没有人提醒猫,他们老是玩我的水让我喝不成,也会造成我的肾脏负担。

幸福的死样

猫让人见识到,
有一种幸福叫装死。

后记

最强认证

我:"我们觉得猫的脚脚很可爱对不对,那你觉得猫对我的脚有什么看法?"江小姐:"他们应该不会对你的脚有任何看法。猫不会想这个。"

我:"我们觉得猫打呵欠很可爱,猫会不会也觉得人打呵欠可爱?"(示范打呵欠)江小姐看也不看:"应该不会。"

我:"猫的可爱模样会令我们觉得好笑和疗愈,那你觉得猫看到人的一些举止,会不会想:天啊,人真可爱!"江小姐斩钉截铁:"不会。"

我的很多幻想,都被江小姐无情地戳破。她很不浪漫,我说天上这颗星好大好亮,她会毫不犹豫地说因为那是人造卫星。

可是每当我说:"珠珠真的很爱我们。"江小姐会呈现融化状:"唉,真是。这小猫啊。"

否定过我无数对猫的幻想,江小姐却认同明珠很爱我们是事实。所以我想这是真的。

挨打

为了书里的人物(猫)介绍,重新计算各猫年龄,才发现明珠已经 5 岁!今年秋天将满 6 岁,明年不就踏入 7 岁老猫的年龄了吗?!但明珠明明是我们的小宝贝啊,怎么就快变老猫了呢?好想怒摇岁月的肩膀:你让我老还不够吗!还要让我的小宝贝也变老,你残不残忍!有没有人性啊!

加上最近刚好有一个证件到期,签发日期是十年前,还记得当时以为十年是很久很久以后的事,遥远到无须担心,谁料今天就到了。再续期又是一个十年，到时我的年纪……天啊！十年后我会更老，那猫呢？猫应该老完了。

目睹朋友们经历心爱的动物老去、生病和死亡，我常常半句安慰话也说不出。总觉得说什么都太轻、无用、不恰当。人们面对挚爱别离的打击，像被命运缚住手脚、蒙上黑布袋，全无还击之力。命运爱怎么下重手，我们都只有挨打的份。

也不知道有没有用，但我想这么多，写这么多，不过是在练马步，希望轮到我挨打的那一天，在命运面前能够勇敢站定。

最值得丢脸的事

上一本和这一本都是，内容还没写多少，出版社便给了我书名，而我一听便毫无异议，想想是很奇怪的事。

他们说《我爱陈明珠》，我觉得这书名真好、真对啊，因为我真的很爱明珠。然后说这本叫《陈明珠爱我》吧！我又觉得好啊好啊，明珠真的很爱我，怎么你们都知道？

暗地里想，别人说什么我都觉得好，会不会太没主见了呢？这么随和真的好吗？但扪心自问，再没有比这更贴切的题目了。就承认吧，跟猫爱来爱去，就是我的重点，根本就是唯一想说的事，没有第二。

其实我有自知的，爱爱爱说得太多，很老套，庸俗又滥情，但一边感到羞耻一边仍然死也要说。因为我一直相信，世上没有一件事情，比示爱更值得让人不要脸。

对于爱，但愿我能一辈子不要脸下去，并且十分十分盼望，我这些不顾羞耻的文字，能遇到懂得怜惜的人。（捂脸）

简体版后记

关于明珠的第一本书在台湾已绝版，没想到简体版此刻能够面世，有机会可以接触到新的读者，让我感到非常感谢和荣幸。

首先报告一下明珠的近况。她今年就要满9岁了，个性仍像小猫般天真和无赖。她的脸蛋可爱依旧，身体则像一个装满肉的袋子，触感十分敦实且有弹性，把手掌放在上面，能让人浑然忘记一切空虚与乏味，实实在在地感觉到丰盛和富足。明珠对吃的热爱一直没改变，这么多年过去，她每天看到肉碗依然兴奋得全身绷紧、尾巴颤抖。朝朝暮暮，真爱如初，想想实在难得，我愿大家的人生里都能找到如此真爱，像明珠爱吃肉一样。

常把爱爱爱挂在嘴边令人害羞，但人和猫之间若有什么故事值得记下，无非就是你爱猫，猫也爱你。看似平凡无奇，但这甚至比

"小恶魔"明珠威力不减当年。

好奇心永远旺盛的明珠

　　人与人相爱更为纯净美好。明珠很爱我和江小姐,这在我们搬家时再次得到印证。去年因为房子需要整修,数月内来回搬动两次,在确保四只猫有妥善的进食与休息据点之后,人便忙着整理。可是明珠在一旁显得躁动不安,发零食与劝慰也没用,本以为她不适应环境变动,只能多给她些时间。但当我们双双累倒,披头散发瘫在沙发上喘息之际,她迅速来到我们两人中间,转着圈选了一个人的大腿,安安乐乐趴下大声呼噜。我和江小姐才明白,原来她只求我俩在一起安静坐着,好好陪她。猫不嫌屋乱不嫌人脏,对明珠来说,只要这两个她选中的人一同爱她,就是安乐窝的最高定义。(然后最好有肉。)

　　陈明珠实在是一只好猫。虽然当她整个身体挡着暖风出风口时,我会斥责她自私;她呕吐后置身事外,俯视我清理秽物时,我会说她没有廉耻;不准她去的地方她偏要去,无视我立下的任何规矩,让我自觉毫无威严……但,这样一只自私无耻不听话的任性小动物,却对我毫无保留地爱和信任,已是至高无上的礼物。

明珠是最无忧无虑的，其余三只猫则各有所难。Tovi 和饭团两只公猫现年 16 岁，脊椎长满骨刺，容易气喘，听觉不灵，健忘并出现老年失智的症状，常常睡死，醒来却会莫名嚎叫。美咪 15 岁了却完全不像老太太，依然五感灵敏，体态优美，跳跃自如，只是她的被害妄想症还是一样严重。

　　把小猫养到变成老猫，意味着人也从青年变成中年。死亡的轮廓于中年的我看来依然模糊，但从 Tovi 身上我具体地目睹衰老的过程。蹒跚、疼痛、自由递减的挫折、力不从心的困窘……身体的颓败并不美丽也不优雅，是对生活质量和尊严的剥夺。换算成人的岁数，Tovi 已是 80 岁高龄的老翁，想到这点，似乎发生任何状况都不

每天依旧来讨饭的饭团

已"80岁"高龄的 tovi

体态依旧优美的美咪

我的眼中只有你

奇怪。他后腿无力，因此上厕所经常沾到尿，吃半碗肉要中途休息好几次，躺久了站起来会僵硬到站不稳。但让我花费最多心力的，不是喂药、清洁和伺候，而是装作若无其事。我在尽量同情但不可怜他，照顾但不控制他。避免表现得比他本身更悲伤或更慌张，就怕一不小心把自己的情绪看得比他更重要。这是我暂时能想象到的对另一个生命最尊重的对待。

爱有时候易如反掌，有时候却难如登天，轻易时像天上掉下的礼物，艰难时像在还上辈子欠下的债。礼多人不怪，万一有债，想想今生有余裕来还，也属幸运。从前养猫能超过10岁便已属难得，现在养到二十多岁都大有猫在。我有时候会期待责任结束，有时候会依依不舍。但无论如何，等终于有天毕业时，我想我会衷心说一声，谢谢你爱我，谢谢指教。

Emily
2018年4月

生命的重量——编者后记

和这两本书相遇，是一段美好的缘分。在我成为编辑之前，有一段时间为了未来人生道路苦恼，时常跑到北京三里屯的 Page one 书店里看书发呆。有那么一天下午，随手翻到了《我爱陈明珠》的台湾原版，爱不释手，但纠结于书昂贵的价格，最终还是恋恋不舍地放回去了。

后来当我听从内心的指引成为一名编辑的几年之后，某天偶然在版代的书讯里看到这两本书出售简体中文版版权时，高兴得想要尖叫。缘分真是一种妙不可言的东西。

在我编辑这个系列书的过程中，我确信一定是在接触到书的那一刻，我被陈明珠干扰了脑电波，使我心甘情愿地为她服务。

我自小就很爱猫。这似乎完全出自本能，只要和这种毛茸茸的小动物待在一起，就觉得平静、安心、温暖、治愈，像是我生命中的光，照亮我内心的黑暗角落。我也想要付出自己全部的爱回馈它们，这种生命之间的联结牢固而强大，类似某种宇宙能量，而我们的灵魂一直源源不断地从中汲取到力量。

家里曾养了只猫名叫咪咪，从一个月大时来到家里，它陪伴了我整整十年时光。Emily 说，她相信某些单纯的灵魂是上天派给自己今生的至亲。我也一直把咪咪当成自己最亲近的家人，有心事都说给它听，难过时枕着它流泪，眼泪渗进它的毛发里；高兴时搂着它亲来亲去，想要和它分享。咪咪个性安静、乖巧、逆来顺受，它不动声色地睁大眼睛看着我时，我觉得它能够懂得我一切的喜怒哀乐，每只猫咪的眼睛里都暗藏着一个无限宽广的宇宙。

这十年来，它经历几次病痛，做过两次大手术，最终还是因为慢性肾衰离开了我。它离开前的夜晚，我抱着它为它唱歌，讲述这十年我们一起的点点滴

滴，黎明时分，它与这个世界告别。生命的存续真的只是在呼吸之间。咪咪去世之后，我难过了很久很久，有半年的时间一蹶不振。它不只教会我什么是爱，还让我真切地体会到生命之重，以及在生命离去之时自己的无奈和束手无策。在生死面前，一切事情都变得那么渺小，没有什么事是过不去的。

  我曾经想要将路边一只刚刚出生不久、眼睛还没睁开的小奶猫抱回家来救助却遭到家人的强烈反对，那时软弱的我不得不放弃；我也曾经一直喂养公司附近的一只流浪猫，却在它对我无限依恋的时候没有能力救它脱离苦海……这些事虽然已经过去很多年，那份愧疚却重重压在我的心头，没有一天不自责。在一个偶然的时机，我认识了救助流浪猫已有二十多年的孙奶奶，她无限宽广的爱心和护猫救猫二十年如一日的持之以恒的耐心和决心，令我深深钦佩和尊敬。在她的影响下，我也开始慢慢做起流浪猫的救助工作，定期为它们喂食，为部分猫咪寻找领养，虽然力量微薄，但多少可以得到一些安慰。我也曾遇到过像陈明珠一样的幸运儿，救它回来时满身是胶，瘦小得像街头的老鼠，丑陋

不堪，但在孙奶奶的悉心照料之下，却也蜕变得像个美丽的小公主。其实只要有人们的关爱，每只流落街头的猫咪都可以像明珠一样，成为天使。人们的爱心就是那根可以化腐朽为神奇的魔法棒。

现在我的生命里又出现了新的家人——黄小贱。它是我领养的一只街头流浪猫，刚领养它的时候它半岁左右，现在已经5岁。很多时候我觉得它很像伦敦街猫Bob，我们一起吃，一起睡，心有灵犀。它的性格像极了明珠，活泼好动，生命不息淘气不止，又无比喜欢和人亲近。它又极聪明，呼唤就答应，随叫随到，在看到我伤心哭泣的时候，还会跳到我的身上趴到我的胸前伸出小舌头舔我刚流过泪的脸。我一直觉得，它是上帝接收到咪咪之后，送来安慰我的礼物。

与喵星人共同生活的每一天，都似乎被爱所环绕，觉得自己是幸运的人。也因而变得柔软，变得更富同情心，更懂得怎样去爱，总之，变成了一个更好的自己。明珠、饭团、美咪、Tovi的故事读着读着就会心一笑，这些毛孩子的一举一动都很熟悉不是吗？因为我们都是猫宝。相信爱猫的你也一定会了解这份默契，从你身边的天使身上嗅到同样迷人的气息。

编　者

2018年6月

I promise.

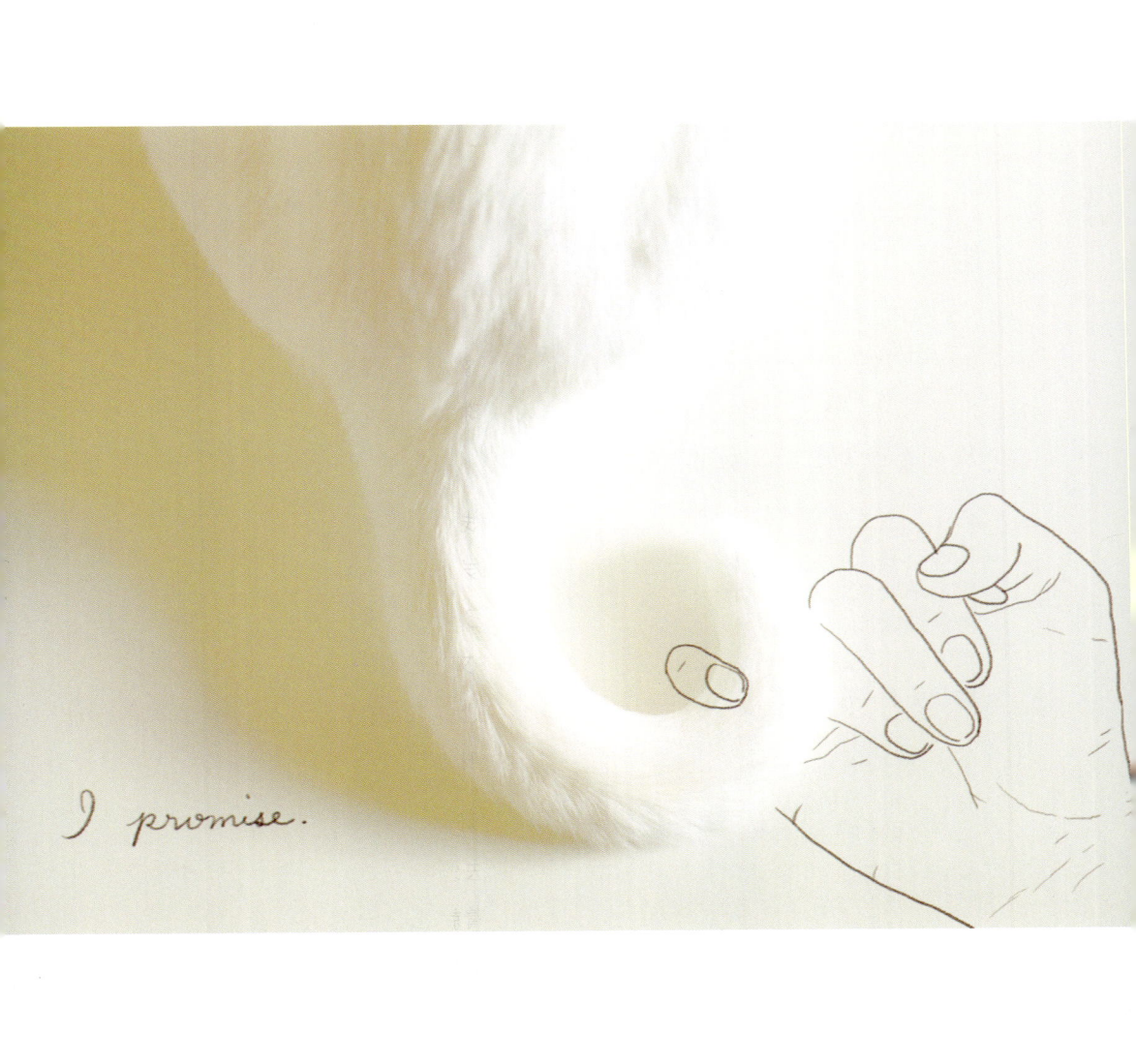

图书在版编目（CIP）数据

我的猫宝人生：陈明珠爱我 / Emily 著 . -- 北京：华夏出版社，2018.8
ISBN 978-7-5080-9461-8

Ⅰ.①我… Ⅱ.①E… Ⅲ.①随笔－作品集－中国－当代 Ⅳ.①I267.1

中国版本图书馆 CIP 数据核字 (2018) 第 066208 号

本著作中文简体版通过成都天鸢文化传播有限公司代理，经本事文化股份有限公司授予华夏出版社独家发行，非经书面同意，不得以任何形式、任意重制转载。本著作限于中国大陆地区发行。

版权所有，翻印必究。
北京市版权局著作权合同登记号：图字 01-2015-3464 号

我的猫宝人生 ——陈明珠爱我

作　　者	Emily
插　　画	Emily
策划编辑	陈志姣
责任编辑	陈志姣
美术设计	殷丽云
责任印制	刘　洋

出版发行	华夏出版社
经　　销	新华书店
印　　刷	北京华宇信诺印刷有限公司
装　　订	三河市少明印务有限公司
版　　次	2018 年 8 月北京第 1 版 2018 年 8 月北京第 1 次印刷
开　　本	787×1092　1/16 开
印　　张	12.75
字　　数	144 千字
定　　价	59.80 元

华夏出版社　网址：http://www.hxph.com.cn　地址：北京市东直门外香河园北里4号　邮编：100028
若发现本版图书有印装质量问题，请与我社营销中心联系调换。电话：（010）64663331（转）